EL SECRETO DE *Santa*

UN ERÓTICO CUENTO DE NAVIDAD

K.C. WELLS

Copyright

Esta es una obra de ficción. Los nombres, personajes, localizaciones, y hechos retratados en esta obra son completamente ficticios, producto de la imaginación del autor. Cualquier parecido con personas verdaderas, vivas o muertas, negocios, o con hechos reales, es pura coincidencia. Las personas representadas en la cubierta son modelos, y su uso está limitado a fines ilustrativos.

Quedan rigurosamente prohibidas, sin la autorización escrita de los titulares del *copyright*, bajo las sanciones establecidas en las leyes, la reproducción total o parcial de esta obra por cualquier medio o procedimiento, comprendidos la reprografía y el tratamiento informático, y la distribución de ella mediante alquiler o préstamos públicos.

Título Original: Santa`s Secret.
Copyright © 2022, K.C. Wells.
Traducción de S. Kai.
Fotografía: Ben Fink.
Modelos: Ben Fink y Anthony Gordon.
Diseño de la cubierta: Meredith Russell.
ISBN: 978-1-8384445-9-4

ADVERTENCIA DE CONTENIDO.
Este libro contiene material destinado a una audiencia mayor de edad. Contiene lenguaje gráfico, contenido sexual explícito y situaciones adultas.

AGRADECIMIENTOS.

Como siempre, un enorme agradecimiento a
mi equipo Beta.
Ben Fink, Anthony Gordon... GRACIAS POR
TANTO.

El Presente

Nochebuena.

Miré el reloj. Era casi medianoche, lo que significaba que llegaría en cualquier momento. Las mariposas se hicieron dueñas de mi estómago y mis manos empezaron a humedecerse.

«¿Qué le digo? ¿Qué pasa si le digo que sí y ha cambiado de idea?».

«¿Acaso puedo decir que sí?».

Había sido incapaz de dejar de pensar en ello durante todo el año. No, si era honesto conmigo mismo, había dedicado mucho más tiempo a ese pensamiento. La idea apareció por primera vez en mi mente allá por 2014, cuando finalmente descubrí su secreto, y había estado obsesionado con ella desde entonces.

Muy obsesionado.

Ocho años era mucho tiempo. Ocho años danzando en torno al mismo tema, pero sin llegar a hablar directamente de ello. Y este año que acababa de pasar había sido duro.

«Ningún hombre sobre la faz de la tierra ha tenido que enfrentarse nunca a una decisión como esta».

Sabía que *él* quería una respuesta. Mi problema era que aún no había decidido cuál darle.

«Déjame mirarle a los ojos antes. A lo mejor, eso ayudará en algo».

Observé mi reflejo en el espejo. Había tardado una eternidad en decidir qué ponerme para esa noche. Al final, todo había quedado reducido a unos vaqueros, una camiseta blanca y mi jersey marrón favorito con cuello de chal.

«Una vez, mi pelo fue de ese color».

Ya no. Mi barba era casi completamente gris y solo unas briznas de castaño oscuro persistían en mi bigote y bajo mi labio inferior. Mis ojos aún mantenían algo del brillo de mi juventud, gracias a Dios. Pero tenía que ser honesto conmigo mismo: el hombre que ahora veía reflejado en el espejo guardaba escaso parecido con el chico de doce años que había entrado en el salón, allá por mil novecientos setenta y nueve, para descubrir lo equivocado que había estado.

Tan, *tan* equivocado.

Esa misma mañana, me había despertado y le había dicho a mi hermano pequeño, Ben, que Santa no era real y que solo eran papá y mamá.

Ese primer encuentro hizo tambalear mi mundo hasta los cimientos.

Los siguientes encuentros fueron entrelazándose con naturalidad en el transcurso mi vida.

Cuarenta y tres encuentros en total, para

ser precisos. Y aunque todos y cada uno de ellos habían sido maravillosos, algunos se habían quedado grabados en mi memoria más que otros.

Algunos de ellos habían sido, simplemente, mágicos.

Saqué dos vasos del armario y una botella de whisky. Su favorito. «¿Cuánta gente puede decir que conoce la bebida favorita de Santa?». Vertí una generosa cantidad de alcohol en cada uno de ellos y luego, me acomodé en el sillón, esperando a que apareciera.

Tenía la sensación de que había pasado toda una vida desde ese mil novecientos setenta y nueve, pero aún podía recordarlo como si fuera ayer.

Di un enorme trago al whisky, sintiendo cómo ardía en mi garganta, con la esperanza de que las hiperactivas mariposas que habían anidado en mi estómago se emborracharan lo suficiente como para cejar en su aleteo y me dejaran tranquilo.

«No pienses en ello».

«No pienses en ello».

En su lugar, dejé que mi mente vagara hasta algunas de esas memorables noches del pasado, atravesando las décadas como si estuviera pasando las páginas de un libro.

El único lugar por donde podía empezar, era el principio.

Cuando tenía doce

1979

No podía dormir. Aunque, por otra parte, nunca había podido dormir la noche antes de Navidad. Algunos de mis amigos del colegio me habían dicho que sus padres abrían los regalos en Nochebuena, pero ¿qué había de divertido en ello? ¿Y la ilusión? Los nervios; el irse a la cama deseando descubrir lo que se escondía dentro de esos llamativos paquetes que esperaban bajo las ramas de ese verdísimo árbol.

Vale, a la mañana siguiente siempre estaba muerto de sueño, pero eso no iba a impedirme despertarme al alba y correr hasta la cama de mis padres para saltar sobre ella y exigirles, *exigirles*, que se levantaran en-ese-mismo-instante.

Sabía por qué no podía dormir esta noche en particular y todo podía resumirse en una palabra: culpa.

«Soy el demonio. He arruinado la navidad a Ben».

¿Acaso yo seguía creyendo en Santa cuando tenía ocho años? Probablemente. Y no tenía ni idea del motivo que me había llevado a decirle a mi hermano pequeño que Santa no existía.

Bueno, sí, eso era mentira. Sabía exactamente por qué lo había hecho. Estaba molesto porque su premio al "Comportamiento Ejemplar" estaba colgado en la puerta del frigorífico y yo no había ganado uno. Y Señor, para ser un niño de ocho años, Ben podía llegar a ser muy arrogante.

Había querido borrar esa sonrisa de su cara.

Y por supuesto, el tiro me salió por la culata.

Ben estalló en un mar de lágrimas, mamá me preguntó enfadada que cómo podía mentirle así y papá me envió pronto a la cama bajo la amenaza de retener todos los regalos. Ni siquiera había terminado de cenar.

Así que ahí estaba: en mitad de la noche y hambriento.

Me escabullí de la habitación que compartía con Ben, con cuidado de no despertarlo porque no quería estar en el extremo receptor de la —probablemente aún mayor— furia de mi padre, y bajé por las escaleras en dirección a la cocina. Cuando llegué, arrastré sigilosamente una silla con la intención de subirme a ella para alcanzar las galletas, pero descubrí que el tarro donde las guardaban no estaba en su armario habitual.

Luego, recordé. Había galletas en el salón, sobre la chimenea, junto a un vaso de leche y un par de zanahorias para los renos.

Bueno, Santa no iba a comérselas, ¿cierto? Y si lo hiciera yo, tal vez así conseguiría que Ben creyese que lo que le había dicho antes, en realidad, había sido mentira. Sí; comérmelas solo confirmaría que Santa es real y que había estado de pie, en nuestro salón, mordisqueando las galletas de avena y pasas de mamá. Porque estaba completamente convencido de que mis padres no iban a acusarme *a mí* de habérmelas comido. No, si perpetuar el mito de la existencia de Santa Claus significaba tener a un Ben menos disgustado.

Obtendría la clásica mirada de advertencia de mi madre, claro, pero ya estaba acostumbrado a ella.

Abrí la puerta que daba al salón y—.

Jo-der. Había un tipo con un traje rojo dejando regalos bajo nuestro árbol.

De ninguna manera.

De ninguna jodida manera.

Pero mamá siempre dejaba una lámpara encendida en la esquina, así que no había forma de confundirlo.

Recuperé la cordura. «Es mi padre, disfrazado de Santa». Solo que había oído el familiar ronquido de mi padre cuando había pasado por delante de su dormitorio.

Así que, eso solo significaba que...

Me quedé petrificado en la puerta, vestido tan solo con mi aburrido pijama de rayas, con la boca abierta de par en par y el corazón palpitando con fuerza en mi pecho.

«Mírale».

No era, en absoluto, como los Santa que había visto en películas y dibujos animados. No era gordo, para empezar. Sus mejillas no eran rechonchas y sonrosadas. Sus cejas eran oscuras e incluso a esta distancia pude discernir que sus ojos no eran azules, sino marrones. Su bigote era de un profundo gris metálico y sí, tenía barba, aunque no era ese exceso de densos rizos blancos que había visto en cada Santa sobre cuyo regazo me había sentado desde que tuve edad suficiente como para demandar a mis padres que me llevaran a verlo.

Su barba era algo completamente distinto.

Era plateada, cubría sus mejillas casi por completo y crecía ligeramente hacia abajo hasta convertirse en una etérea mata de pelo que se curvaba en las puntas. Parecía tan delicada como la seda de una tela de araña y enmarcaba su rostro.

La larga capa le llegaba hasta los tobillos y era de un profundo tono escarlata, y los oscuros pantalones desaparecían bajo unas relucientes botas de un intenso negro. Bajo la capa, vestía una chaqueta del mismo tono sujeta por un cinturón dorado que resplandecía bajo la luz de la lámpara.

Definitivamente, ese no era mi padre disfrazado de Santa.

Y luego, alargó el brazo hacia el plato de galletas.

Sin pensar en la posibilidad de despertar a mi familia, emití un sordo gemido. No podría decir si fue por el asombro de encontrar a Santa en mi salón o por la decepción al ver que mi plan magistral de comerme esas galletas estaba a punto de fracasar.

Santa se giró, me miró y esas oscuras cejas se arquearon. Por su expresión, parecía que se estaba divirtiendo con la situación.

—¿Pasa algo? —preguntó.

Su voz era ligera, casi melódica. Había esperado una voz grave y estruendosa capaz de hacer tambalear los cimientos de mi casa.

Otra cosa más que todo el mundo había representado mal.

—Iba a comérmelas —dije.

Sus labios se alzaron levemente en una sonrisa.

—Entonces, ¿qué te parece si hacemos un trato? Podemos compartirlas. Y la leche, si es que también quieres de eso.

Resoplé.

—Puedes quedarte con la leche.

Santa cogió el plato e inclinó la cabeza hacia el alargado sofá de cuero.

—¿Deberíamos sentarnos mientras comemos? Te prometo no dejar migas.

No me moví.

—Realmente estás aquí. Esto no es un sueño —dije.

Santa sonrió.

—No estás soñando, Anthony.

—¿Cómo sabes que no soy mi hermano Ben? —pregunté.

Sus ojos relucieron con humor.

—Porque si lo fueras, significaría que el Supermán Elástico que hay bajo el árbol es para ti, y creo que ya eres un poco mayor para eso, ¿no estás de acuerdo? —Se sentó y equilibró el plato sobre su regazo—. Pensé que querías una galleta.

Me lancé apresuradamente hacia él y cogí una galleta.

—¿Significa esto que acabo de entrar en la lista de niños malos? Ya sabes, todo eso sobre que tengo que estar dormido porque si no sabrás que estoy despierto y... Tengo que serte sincero, siempre pensé que era un poco aterrador todo eso, ¿sabes? Quiero decir, ¿en serio hay un tipo vestido con un traje rojo observándome a todas horas? —Santa me miró detenidamente y sentí cómo me ruborizaba. Tosí—. Sí, supongo que esto significa que, definitivamente, estoy en la lista de los niños malos, ¿verdad?

Aún no podía creer lo que veían mis ojos.

«Santa es real».

«Santa está sentado en mi sofá».

Si esto era un sueño, era el sueño más alucinante del mundo.

Sus cejas se alzaron una vez más.

—Por favor, siéntate Anthony. Me gustaría mucho tu compañía. —Luego, sonrió—. Y sobre esa lista... No deberías creer todo lo que oyes de mí. El hecho de que hayas entrado aquí y me hayas sorprendido es algo parecido a un milagro. Obviamente, esta noche estaba algo distraído. —Mordió una galleta—. Tu madre hace las mejores galletas del mundo.

Le miré atónito y me desplomé a su lado sobre el sofá sin pensarlo dos veces.

—¿En serio te las comes?

Él rio.

—No voy a alimentar a mis renos con ellas.

Bailarín está engordando un poco, de igual forma. Puede quedarse con las zanahorias.

—¿Esa parte es cierta? ¿La del nombre de los renos? —Esto tenía que ser un sueño. En cualquier momento, me despertaría y estaría acurrucado bajo mi edredón.

—Claro que es cierto. Salvo lo de Rudolph. Él es un mito.

—Hasta que entré por esa puerta pensé que *tú* también lo eras.

—Y ¿ahora que sabes que no lo soy? —dijo Santa sosteniendo mi mirada—. ¿Vas a contárselo a alguien?

Me cuadré de hombros.

—*Nop*. Este será mi secreto. —Nadie me creería de todas formas.

El rostro de Santa se iluminó.

—Buen chico. En ese caso, puede que podamos repetir esto en otra ocasión. ¿Te gustaría? Podríamos compartir más galletas y podría contarte más cosas.

—¿Qué tipo de cosas? —Me comí mi galleta en dos bocados.

—Bueno, ¿quieres saber por qué no hay un Rudolph? Todos mis renos son hembras y de ninguna manera dejarían que las guiara un chico. —Rio—. La mera idea...

—¿Realmente tienes elfos? —pregunté. Esto era fascinante.

Santa rio de nuevo.

—Lo siento, pero esa será una historia para otra Nochebuena. Mi noche no ha terminado todavía, así que será mejor que me ponga en marcha. —Se levantó—. Pero gracias por mantener mi visita en secreto. —Inclinó la cabeza a un lado—. Te gusta pintar, ¿verdad?

Le miré boquiabierto.

—¿Cómo lo—? —Luego, caí en la cuenta—. Lo sabes por algo que acabas de dejar bajo el árbol, ¿verdad?

Esos ojos castaños brillaron de nuevo.

—¿A lo mejor?

—¿Lo decías en serio? —pregunté.

—¿El qué?

—Sobre nosotros, haciendo esto de nuevo.

Santa frunció el ceño.

—Por supuesto. No lo habría dicho si no fuera cierto. —Me ofreció la mano y yo la estreché. Su piel era suave y cálida al tacto—. Ahora, vuelve a la cama y, al menos, intenta parecer sorprendido cuando Ben abra su Supermán Elástico mañana. —Liberó mi mano y me revolvió el pelo—. Eres un buen chico, Anthony. Te perdonará.

Mi boca se abrió de par en par de nuevo.

—¿También sabes eso?

Santa se encogió de hombros.

—A lo mejor, esa es la razón por la que he dejado que me vieras hoy. A lo mejor, quería que supieses que soy real. Pero tal vez sería buena idea que mañana hablaras con Ben para decirle que no querías decir lo que dijiste y que, por supuesto, soy real. Déjale disfrutar un poco más de su infancia. Muy pronto, habrá un montón de cosas que ocuparan su mente y yo no seré nada más que un mito.

Mi corazón se estremeció.

—¿Significa eso que yo también te olvidaré

algún día?

Santa apoyó las manos sobre mis hombros.

—Creerás en mí durante tanto tiempo como quieras creer en mí. —Su voz adquirió un tono solemne y, por algún motivo, eso no consiguió tranquilizar mi atormentada mente. Volvió a revolverme el pelo—. Pero ahora: cama. Disfruta mañana. Y recuerda lo que realmente significa este día.

«Señor».

—¿Esa parte también es verdad? —pregunté.

Él asintió.

—Celebramos Su nacimiento, que es la razón por la que debería ser un día lleno de amor. Por desgracia, no siempre termina siendo así. —Por un momento, sus ojos reflejaron tanta tristeza que sentí un agudo dolor atravesando mi estómago. Santa parpadeó y, solo con eso, su expresión cambió de nuevo y la calidez volvió a radiar de su mirada—. Feliz navidad, Anthony.

Y luego, se había ido. Sin un resplandor, sin fanfarria. Solo un simple chasqueo de sus dedos y un remolino rojo.

—Buenas noches, Santa —susurré.

Una cosa sabía con absoluta certeza: el año que viene, estaría esperándole.

Cuando tenía quince

1982

Miré el reloj que estaba al lado de mi cama. Era casi medianoche, lo que significaba que ya podría estar abajo. Aún podía recordar mi asombro cuando me escabullí de nuevo en el salón, hacía dos nochebuenas, para descubrir que el año anterior no había sido un sueño y que Santa estaba otra vez, de pie, frente a mi chimenea, bebiendo leche. Y al año siguiente, ahí estaba de nuevo.

Una parte de mí razonó que llegaría un día en el que entraría ahí y la habitación estaría vacía; tenía quince años y la infancia se me estaba escapando de entre los dedos como fina arena de playa. Pero hasta que ese día llegara, tenía la intención de disfrutar de toda oportunidad que tuviera de verlo.

Estudié disimuladamente a Ben, solo para comprobar que se había quedado dormido en seguida. Aparté el edredón y caminé tan sigilosamente como pude hasta la puerta, rezando por que no crujiera al abrirse. Una vez fuera de la habitación oí los amortiguados sonidos que llegaban desde la planta de abajo.

«Está aquí».

Corrí por las escaleras y entré

apresuradamente en el salón. El calor me golpeó de lleno y luego, entendí el porqué. Santa había encendido el fuego.

—¿Cómo vas a salir por la chimenea si está encendida? —pregunté.

Santa giró la cabeza y me ofreció esa gloriosa sonrisa.

—Me alegro de verte, Anthony. Y, si acaso no lo recuerdas, no es así como me marché hace tres nochebuenas. —Ahí estaba ese brillo tan familiar en su mirada—. ¿Qué te he dicho sobre no creerte todo lo que oyes?

Me acerqué a la alfombra que había frente al fuego, me senté y crucé las piernas.

—Así que, ¿realmente puedes hacer magia? —pregunté.

—¿Cómo crees que podría hacer este trabajo si no? —preguntó. Se sentó en el ancho y mullido sillón de mi padre sosteniendo el vaso de leche entre sus manos—. Has crecido desde el año pasado.

—Sí. —Resoplé—. Mi madre sigue quejándose de la frecuencia con la que tiene que llevarme a comprar ropa.

Santa asintió.

—Me gusta más ese pijama. La guerra de las galaxias es muy popular ahora.

Mi rostro se iluminó.

—Mi madre me ha dejado escogerlo. Le dije que ya era demasiado mayor como para dejar que eligiera toda mi ropa.

Santa sonrió.

—Quince, ¿eh? Señor. Ya debes estar saliendo con alguien.

Mi estómago se revolvió.

—No, no salgo con nadie.

Santa frunció el ceño.

—¿Por qué no? Eres un joven muy guapo. Debe haber un montón de chicas que quieren salir contigo.

A pesar de lo mucho que había disfrutado de nuestros tres primeros encuentros, aún no estaba preparado para abrirle mi alma. Tres cortas conversaciones sobre el colegio, libros y películas estaban bien, pero no me entusiasmaba entrar en temas demasiado personales.

Especialmente, *ese* tipo de tema.

«Sigue repitiéndome que no debería creer todo lo que oigo. Bueno, ¿quién sabe cómo es él realmente? A lo mejor, Santa es más abierto de mente de lo que dicen».

A lo mejor, Santa era como mis padres. Y eso sí era algo que me daba en qué pensar.

Para mi alivio, alzó la mano y dijo:

—No pasa nada, Anthony. No tienes que contarme nada que no quieras. No es de mi incumbencia. Pero... ¿Eres feliz?

—Sí y no —respondí—. Pero realmente no quiero hablar de esto. —Mi estómago empezó a arder.

—De acuerdo. Entonces, no lo haremos. —Su mirada se encontró con la mía y, por un segundo, sentí que podía ver lo que intentaba esconder en mi corazón. Luego, continuó: Pero si llega una Nochebuena en la que necesites hablar con alguien, aquí estaré, ¿entendido?

Y lo decía en serio. Podía oírlo en su voz.

Mi garganta se cerró.

—Gracias —dije con voz rota.

Santa señaló el plato que había en la repisa de la chimenea.

—Te he dejado una galleta, igual que el año pasado.

Ese comentario me hizo sonreír.

—Gracias. Este año son de chocolate, ¿verdad?

Santa sonrió.

—Deliciosas. —Luego, inclinó la cabeza a un lado—. Ben ha dejado de creer en mí, ¿verdad?

Asentí, asombrado, como siempre, por cómo sabía ese tipo de cosas.

—Pero él no sabe lo que sé yo —dije. Mi secreto me animaba y me reconfortaba a la par, especialmente en aquellos días en los que todo se torcía en mi vida. Nuestro cuarto encuentro estaba siendo casi tan mágico como el primero y adoraba lo cómodo que me sentía hablando con él. Lo... correcto que parecía todo ello.

—Esta conversación tendrá que ser más breve que las últimas —dijo Santa—. Parece que hoy tengo que hacer más entregas que nunca. —Se puso en pie—. Pero estaré aquí el año que viene.

—¿De verdad tienes que irte ahora? —pregunté.

Frunció el ceño.

—¿Por?

Le miré indeciso.

—Puedo... —Abrí mis brazos de par en par—. ¿Podría darte un abrazo?

Santa sonrió.

—Por supuesto que puedes. —Me puse rápidamente en pie y me apresuré a envolver su cuerpo entre mis brazos. Él me rodeó con los suyos en un fuerte abrazo y, de repente, solo podía sentir calor. Un aroma se adhería a su capa; algo que no pude ubicar, pero que permeó en mí, apaciguando mis nervios e infundiéndome un optimismo que me aseguraba que todo iba a salir bien—. Espero que mañana tengas un buen día —dijo y sentí su voz retumbando en su pecho.

—Gracias —dije—. Y tú, descansa.

Rio mientras me liberaba.

—Puedes estar seguro de ello.

Chasqueó los dedos y desapareció.

Me quedé mirando el espacio vacío donde antes había estado.

«A lo mejor, el próximo año tendré el valor suficiente para decírselo».

Sabía que no podría acumular el valor necesario para decírselo a mis padres, pero a lo mejor, podría decirle a Santa que creía que era gay.

Cuando tenía diecisiete

1984

El fuego titiló y me quedé absorto contemplando el corazón de las llamas.

—¿Hay hogueras donde vives? —pregunté. Habían pasado cinco años desde nuestro primer encuentro y nunca había hablado ni una sola vez de su hogar.

Santa sonrió, pero la sonrisa no alcanzó su mirada

—Sí —contestó—, pero las hogueras están hechas para ser compartidas.

Sus palabras formaron un nudo en mi estómago.

«¿Acaso no puedes compartirlas con la señora Claus?». Y ahora que pensaba en ello, tampoco la había mencionado a ella. Nunca. Señor, a lo mejor su mujer no se parecía en nada a la imagen que teníamos de ella. ¿Acaso era una arpía que mantenía a Santa esclavizado bajo su mando?

Estaba dejando que se desbocara mi imaginación.

Santa no se parecía en nada a la imagen que había tenido de él hasta el momento, así que tenía sentido pensar que su mujer real también podría distar mucho del retrato que teníamos de ella.

Santa alzó el vaso que le había ofrecido.

—Tengo la sensación de que estoy haciendo algo positivamente impío —comentó.

Sonreí.

—Estoy seguro de que mucha gente te deja un vaso de whisky —dije.

—Sí, lo hacen, pero nunca me lo he bebido —admitió él. Luego, señaló la botella que descansaba sobre una mesita a su lado—. Pero cuando vi lo que me estabas ofreciendo, tuve que ceder. Es mi favorito.

Mi rostro se iluminó.

—También es el favorito de mi padre —sonreí. Y ese comentario terminó por decidirme. No más leche para Santa. Me aseguraría de que siempre hubiese un vaso de whisky esperándole cuando llegara.

Santa se inclinó contra el respaldo del sofá, sosteniendo el vaso con una mano y girando un mechón de su barba entre el pulgar y el índice de la otra.

—Esto es justo lo que necesitaba —dijo con satisfacción.

Miré disimuladamente el gorro que cubría su cabeza.

—¿Qué aspecto tienes bajo eso? —pregunté.

—No vas a descubrirlo pronto —rio él—. Pelo aplastado.

Resoplé.

—¿Pelo aplastado? —dije incrédulo.

—No estoy bromeando —se defendió—. Deberías verlo al final de la noche cuando por fin puedo quitármelo. —Me miró detenidamente—. Dentro de poco empezarás la universidad. ¿Tienes ganas?

Inspiré profundamente.

—Sí. Creo que me gustará el alejarme un poco de aquí.

Santa frunció el ceño.

—¿Algo anda mal?

Me encogí de hombros.

—Solo... Cosas de familia. —Salvo que era mucho más que eso.

Santa suspiró.

—Y yo no soy familia. Lo entiendo. Solo soy el viejo con el que hablas una noche al año y eso no me otorga ningún privilegio.

—No eres viejo —contesté—. Eres... atemporal. —«Díselo. Díselo». Me dejé llevar por mi instinto—. El caso es que... Estoy deseando ir a la universidad porque allí, por fin, podré ser yo mismo. —Me miró inquisitivamente, pero se mantuvo en silencio—. Tendré la oportunidad de ser quien realmente soy —continué—. El que mis padres y mi hermano no pueden ver. —Tenía mis razones para no decírselo a mis padres y Ben no lo entendería. Aunque, a lo mejor, sí lo haría, pero había habido demasiadas habladurías en la escuela sobre ese tema y la mayoría de los comentarios no habían sido demasiado positivos.

Santa me estudió en silencio con esa misma mirada de siempre y luego, suspiró.

—Lo entiendo más de lo que puedas creer —dijo finalmente. Por supuesto que lo hacía. Nadie en el mundo entero sabía cómo era realmente el hombre que se ocultaba tras Santa. Ni siquiera yo—. Así que... ¿Quién eres tú realmente? ¿Tengo permitido preguntar eso?

No tenía ni idea de por qué tanto mi mente como mi corazón me decían que no pasaría nada si decidía revelarle mi secreto, así que decidí dejarme llevar por ellos.

—Claro, puedes preguntar. En realidad soy... gay. —Le miré.

—Ah. Muy bien —dijo y Señor, su expresión permaneció en calma. Inclinó la cabeza a un lado—. Lo sabes desde hace un tiempo, ¿verdad?

«¿Cómo hace esto? ¿Cómo puede verme con tanta claridad cuando la gente más cercana a mí no tiene ni idea?».

Asentí.

—Siempre me han atraído los chicos; mucho más que las chicas. Y hace dos años, finalmente, me admití a mí mismo que soy gay.

—Pero no se lo has dicho a tus padres —dijo y no era una pregunta—. ¿Por qué? No es que se lo tengas que decir a nadie, entiéndeme, porque esto no le incumbe a nadie, realmente, salvo a ti.

—No estoy seguro —dije, pero mi corazón se aceleró un instante ante la mentira—. No, no es eso —admití—. Sé exactamente por qué no les he dicho nada. El miedo siempre me echa para atrás. Veo las noticias y... Creo que se preocuparían demasiado por mí.

Santa suspiró pesadamente.

—¿Sida? —preguntó. Asentí y él desvió su atención a las llamas—. Y ahora seré *yo* el que estará preocupado por ti.

Fue solo entonces cuando entendí. No importaba lo mayor que parecía ser —o que era, dado que, supuestamente, tenía siglos de vida—; Santa era un hombre de mente abierta, algo que ahora resultaba obvio dado que no parecía conmocionado en absoluto por mi revelación.

Antes de que pudiera decirle que no tenía nada de qué preocuparse —decidí poner el límite en admitir que aún era virgen, porque oye, había algunas cosas que, simplemente, no podías decirle a Santa—, Santa se aclaró la garganta y dijo:

—Mantente a salvo, ¿de acuerdo? No corras ningún riesgo. —Luego, rebuscó en el interior de su capa y sacó un paquete envuelto en un brillante papel rojo y atado con un lazo de terciopelo del mismo color. Me lo tendió—. Este es un extra para ti. —Miré fijamente el regalo mientras lo depositaba sobre mis manos—. Puedes abrirlo ahora. De hecho, creo que será mejor que no lo abras mañana. —Tosió—. Puede que tengas que dar algunas explicaciones sobre cómo ha llegado eso ahí.

Deshice el lazo, rompí el papel y Santa los cogió por mí, haciéndolos desaparecer en el aire. Me quedé sosteniendo...

Una caja de condones.

«Señor».

—No... No sé qué decir. —¿Y no era eso cierto?

Santa sonrió.

—Así tendré una cosa menos por la que preocuparme hasta que nos veamos la próxima Nochebuena.

Contuve la risa.

—¿Doce condones? Dudo que vaya a haber gastado la mitad de la caja para cuando llegue.

Él rio.

—Un año es mucho tiempo —dijo y sus ojos se abrieron de par en par—. Oh, falta algo. —Rebuscó de nuevo en el interior de su capa y sacó otro paquete, y esta vez era la inconfundible silueta de un bote de lubricante. Me lo tendió—. También necesitarás esto.

—¿Puedo abrir este mañana? —pregunté inocentemente mientras estudiaba el paquete.

Casi se ahoga con el whisky.

—Yo no lo haría.

Rompí el papel lo suficiente como para ver dos letras: KY. Me ruboricé.

—Oh, sí. De acuerdo. —Lo dejé junto a la caja de condones.

Santa rio.

—Es bueno saber que no tengo que explicarte por qué te he regalado *eso*. —Se levantó—. ¿Aún quieres un abrazo de...? ¿Cómo me has llamado antes...? ¿Un hombre atemporal?

Reí y me lancé a sus brazos.

—Puedes apostar. Das los mejores abrazos.

Cuando me rodeó, supe que siempre me sentiría seguro entre esos brazos.

Era extraño. Nunca se me había dado bien

hacer amigos —y realmente esperaba que eso cambiara al llegar a la universidad—, pero este hombre de traje rojo y barba blanca, de alguna forma, se había hecho un hueco en mi corazón y era lo más cercano que tenía a un mejor amigo.

Y ¿cuánta gente podría decir eso?

Cuando tenía diecinueve

1986

Ese año, estaba en el salón antes de que él llegara, encendiendo la chimenea y preparando un vaso de whisky. Se me ocurrió que, tal vez, estaba siendo un poco presuntuoso, pero después de siete nochebuenas apareciendo ante mí, no se me pasó por la cabeza que fuera a faltar a esta.

—¿Eso es para mí? —preguntó una voz a mi espalda.

Me giré y sonreí al verlo de pie al lado del árbol.

—Ciertamente, lo es —contesté.

Cogió el vaso de whisky y se acomodó en el sofá.

—Tenía la esperanza de que hubieras vuelto a casa por vacaciones —comentó.

—¿Estás de coña? —Reí—. Si le llego a decir a mi madre que no vengo en navidad, mis pelotas estarían colgando ahora mismo de ese árbol cubiertas de purpurina. —Luego, me di cuenta de lo que acababa de decir—. Lo siento, eso se me ha escapado.

—Estás a salvo —sonrió Santa agitando una mano frente a él—. Así es como hablan los amigos, ¿verdad?

Amigos. Sin duda, éramos eso. La idea me enterneció.

Alcé el rostro para mirar al techo. No había oído ningún ruido saliendo de la habitación de Ben cuando había pasado frente a ella, pero quería asegurarme. Mi madre le había dado nuestro antiguo dormitorio y me había instalado en la habitación de invitados y la estaba enormemente agradecido por ello. Quería muchísimo a Ben —cuando no era un capullo arrogante—, pero no tenía el más mínimo deseo de compartir habitación con un chaval de quince años. Sabía cómo había sido yo a los quince, con el aceite de bebé de mi madre escondido bajo el colchón y una inagotable cantidad de papel higiénico que bajaba furtivamente a la basura cuando nadie miraba.

—¿Sabes lo que es extraño? —musité—. En los ocho años que han pasado desde que nos conocemos, nadie nos ha oído hablar o nos ha sorprendido en el salón.

—Eso no es accidental —dijo Santa y sus ojos relucieron—. Me he asegurado de que no nos molesten.

—¿Cómo? —pregunté frunciendo el ceño. Luego, hice un gesto de desesperación—. Pregunta estúpida. Con magia, por supuesto.

—Así que, dime... —sonrió él—. ¿Cómo es la universidad?

—La universidad está bien —dije acomodándome sobre los cojines del sofá. Adoraba lo que estaba estudiando y, poco a poco, había empezado a salir de mi cascarón y había hecho algunos grandes amigos.

También había conocido mi cuota de capullos.

—Pero tengo una pregunta más importante —dijo Santa—. ¿Estás viendo a alguien?

Suspiré.

—Lo estuve... —admití—. Al menos, durante un tiempo. No duró.

—Lo siento —dijo, y el suspiro que siguió fue un reflejo del mío—. No tengo al hombre perfecto para ti escondido en mi saco. Tendrás que encontrarlo por ti mismo.

—Pero aprecio la intención. —Sonreí.

—¿Estás tomando precauciones? —me preguntó frunciendo el ceño. Cuando le aseguré que sí, asintió—. Bien. —Rebuscó en el interior de su capa y supe lo que venía después. Cuando depositó un bulto envuelto en papel brillante en el asiento, reí.

—Puedo comprarlo yo, ¿sabes? —comenté.

—Lo sé, pero me hace feliz hacer esto —sonrió. La idea de que, de alguna forma, era responsable de llevar un poco de felicidad a Santa me enterneció como pocas cosas lo habían hecho en mi vida—. No te preocupes —continuó—. Ya aparecerá alguien que te hará perder la cabeza. —La confianza con lo que lo dijo era reconfortante.

«¿Se lo digo?». Sonreí para mí mismo. «Ya he llegado hasta aquí. Debería oírlo todo».

—De hecho... —empecé—. Sí hay alguien por el que desearía poder perder la cabeza, pero creo que nunca encontrará el camino hasta tu saco. Solo... No va a pasar.

—¿Por qué no? —preguntó Santa sosteniendo mi mirada—. No hay nada imposible, si crees en ello.

Inspiré profundamente.

—Liarte con tu profesor de inglés es tan imposible como parece.

Santa me miró atónito.

—Ya veo —dijo. Inclinó ligeramente la cabeza—. Así que, ¿te gustan los tipos mayores?

—Sí —contesté. No había necesitado demasiado tiempo para darme cuenta de por qué solo había durado un par de semanas con Mike. Necesitaba a alguien más maduro, con más experiencia, con más amplitud de miras...—. Estoy deseando cumplir los veintiuno para poder ir a un bar gay. Puede que ahí encuentre a hombres que sean más de mi estilo.

Santa rio con la mirada.

—Ese profesor... —dijo—. ¿Cómo es?

—No estoy seguro de si debería decírtelo —sonreí—. Me acabo de dar cuenta de que conoces a *todo* el mundo.

—Nunca revelaría lo que hay bajo el árbol de alguien —dijo Santa apoyando la mano sobre su corazón—. Salvo por el Supermán Elástico de Ben.

Reímos.

Contemplé las llamas que danzaban tras la rejilla de la chimenea mientras luchaba contra mi propio deseo de cuánto quería revelar a Santa. Sabía lo que me habrían dicho mis compañeros de clase si supiesen cómo me sentía. ¿Quién podría afirmar que Santa no pensase igual que ellos?

Solo había una forma de descubrirlo.

—Tiene, a lo mejor, treinta y muchos años. Cerca de los cuarenta. Tiene barba. Es reflexivo, perspicaz, divertido... Lo sé —dije mirándole a la defensiva—, parece raro que alguien de mi edad se sienta atraído por un hombre veinte años mayor que él. —De hecho, mis amigos lo llamarían anciano.

—En absoluto —dijo Santa—. Si eso es lo que quieres... —Suspiró—. La vida humana es demasiado corta, demasiado... frágil. Necesitas encontrar la felicidad allá donde puedas.

Estaba en la punta de mi lengua.

«Y ¿dónde encuentras *tú* la felicidad?».

El repentino silencio que había caído en el salón me sorprendió.

Santa me estaba mirando; una mirada serena que parecía indagar en lo más profundo de mi ser y me dejó con la sensación de estar desnudo ante él.

—¿Aún quieres que nos sigamos encontrando así? —preguntó finalmente.

—¿Por qué? —dije y una gélida sensación me inundó—. ¿Quieres parar?

—No, no, en absoluto —se apresuró a responder él—. Pero odiaría tener que llegar a un punto en el que uno de nosotros, o ambos, quiere darlo por terminado, pero estamos demasiado aterrados por la posibilidad de herir los sentimientos del otro como para decir nada.

Me estremecí.

—Oh, gracias a Dios —dije y suspiré aliviado—. No; estoy más que contento de poder seguir encontrándonos así. Pero sé que llegará un día en el que no podré volver a casa por vacaciones, así que no podrás encontrarme aquí.

—No te preocupes por eso —sonrió él—. Si aún quieres que nos veamos, te encontraré. Dondequiera que estés.

—Eso me hace muy feliz —dije y la calma me inundó de nuevo—. Aunque estoy sorprendido de que aún puedas encontrar tiempo para mí —añadí y le miré inquisitivamente—. Estos días tienes que estar más ocupado que nunca.

—No importa lo ocupado que esté, siempre encontraré tiempo para ti —me aseguró. Luego, alzó el vaso—. Por la amistad y las placenteras tradiciones.

Sus palabras me enternecieron.

Cuando tenía veintidós

1989

Nunca dejaba de sorprenderme que Santa no envejeciera. Aparentaba exactamente la misma edad que la primera vez que le había visto hacía diez años, mientras que yo había cambiado enormemente desde los doce. Estaba intentando dejarme crecer la barba, sin demasiado éxito, pero aún eran los primeros días. Mi madre se había quejado y me había comentado que me sentaba mejor el rostro completamente rasurado, pero no tenía intención de deshacerme de ella. Había llegado a casa dos días antes de navidad y me iría después del cuatro. Mi nuevo jefe era un negrero y si *él* no tenía intención de tomarse unos días libres para las vacaciones, no entendía por qué los demás deberíamos hacerlo.

Por supuesto, también tenía mis razones para no querer quedarme más tiempo, pero no tenía intención de compartirlas con nadie. No es que hubiese podido hacer nada durante las festividades de igual forma: Jay no estaba disponible y saber dónde se encontraba no hacía más que aumentar mi sensación de culpa.

«Esto está mal. No debería estar haciendo esto».

Cuando llegó la medianoche de la Nochebuena, me puse la bata y me deslicé sigilosamente hasta el salón preguntándome cuál de los dos llegaría primero.

Santa estaba mirando el fuego, tan perdido en sus pensamientos que no fue consciente de mi llegada. Cuando, finalmente, advirtió mi presencia, sonrió ampliamente.

—Así que, ¿cómo es la vida de un hombre trabajador? —saludó.

Resoplé.

—¿Puedo volver a ser estudiante, por favor? Él rio.

—Me estaba preguntando si estarías aquí o te habías quedado en Filadelfia. —Algo en sus ojos me hizo pensar que sabía todo sobre mi vida.

—A estas alturas ya deberías saberlo —sonreí—. Mi madre emitió su habitual decreto: "Ven o habrá consecuencias".

Su mirada se tornó pensativa.

—¿Aún estás soltero? —preguntó.

Ahora estaba convencido de que sabía más de lo que dejaba entrever, pero no estaba preparado para hablar de Jay.

—¿Cómo es que nunca hablas de tu vida? —dije en su lugar—. No tengo ni idea de cómo pasas los otros trescientos sesenta y cuatro días del año.

—Preparándome para esta noche, por supuesto —dijo él.

Mi estómago se revolvió y supe, sin sombra

de duda, que acababa de mentirme.

—No me lo vas a decir, ¿verdad? —La ausencia de su familiar sonrisa me sorprendió y sentí un témpano de hielo recorriendo mi espalda.

—No, no voy a hacerlo —se limitó a contestar—. Tú tampoco me cuentas todo lo que haces durante el año, ¿cierto? Lo único que obtengo es una instantánea. —Luego, su sonrisa apareció de nuevo y me relajé—. No te haces una idea de cuánto ansío que llegue el día de nuestras charlas.

Escaneé el sofá y la mesa.

—¿No hay condones este año? —dije burlón.

—Tenías razón —dijo agitando una mano sobre su rostro—, ya eres lo suficientemente mayor como para comprarlos por ti mismo. —Su mirada se volvió intensa—. Estaba preocupado por ti.

—¿Por qué? —pregunté.

—Creo que fue en septiembre. De repente, tuve la sensación de que algo no andaba bien en tu mundo. Quería asegurarme de que estabas bien. —Mi garganta se cerró. De acuerdo, eso era inquietante. Intenté tragar, pero mi boca se había quedado seca. Santa se levantó, se dirigió hacia el armario de los licores y sirvió dos vasos de whisky. Me tendió uno—. También eres lo suficientemente mayor para esto.

Di un sorbo, intentando no atragantarme cuando el ardiente líquido chocó contra mi garganta.

—¿Cómo es que mi padre nunca se da

cuenta de que hay menos whisky en la botella después de tus visitas?

Santa sonrió abiertamente.

—Ya sabes la respuesta a eso. —Luego, su expresión se ensombreció—. ¿Qué pasó en septiembre?

Di otro sorbo.

—Recibí malas noticias, eso es todo. Alguien que había conocido en la universidad... Murió. —Su mirada se encontró con la mía—. Sida.

Señor, se había quedado demasiado quieto.

—¿Alguna vez tú y él...? —preguntó.

—Sí, una vez —Suspiré—. Solo de pensar en ello me estremezco.

—¿Por qué?

—No quería que usáramos protección, pero insistí.

—Gracias a Dios —dijo y se estremeció—. Siento tu pérdida, pero me alegro de que aún sigas por aquí. Ahora, ¿por qué no me cuentas *eso* que te estás esforzando tanto por ocultar?

Debería haber sabido que vería a través de mí.

—Tengo... Tengo a alguien. Trabajamos juntos.

—Y entonces, ¿por qué no estás feliz? —preguntó frunciendo el ceño—. Porque no lo estás, ¿cierto?

Negué lentamente con la cabeza.

—Es complicado.

—No voy a ir a ningún sitio —dijo inclinándose contra el respaldo del sofá—. Cuéntame.

—Es... Es un hombre casado —admití—. Con

hijos.

Santa abrió los ojos de par en par.

—¿Sabías que estaba casado la primera vez que saliste con él?

—No —dije mirándole boquiabierto—. No habría hecho eso. Llevábamos seis meses juntos antes de que... Antes de que su mujer apareciera en la oficina. Luego alguien le preguntó si su hijo estaba mejor porque se había caído de la bici y... —Tragué—. No tenía ni idea. Quería terminar todo ahí mismo, pero él me suplicó... Cuando mi madre me preguntó si iba a venir en vacaciones, realmente no estaba de humor para hacerlo, pero sabía que Jay las pasaría con su familia.

—¿Es un hombre mayor? —preguntó Santa.

—Mayor, sexy... —dije asintiendo lentamente—. Y aparentemente, bisexual.

—Y ahora que lo sabes... —dijo Santa sin romper el contacto visual—. ¿Te quedarás con él? Porque no importa lo mucho que te suplique. Si no eres feliz, ponle punto y final.

—Tienes razón, por supuesto —dije con un largo suspiro—. Es un hombre encantador—.

—Que está engañando a su mujer —me cortó Santa—. Y me da la sensación de que tú no eres el tipo de hombre que se sentiría satisfecho con ese tipo de relación.

—Así que, ¿ahora soy un hombre? —dije sin poder evitar sonreír.

—Por supuesto —sonrió él—. El niño que conocí por primera vez en esta habitación hace años se ha convertido en un hombre atento, amable y considerado. —Me miró detenidamente—. Que no tiene miedo a hacer lo que sabe que es lo correcto. —Mi respiración se cortó—. ¿Aún no se lo has dicho a tus padres?

—Señor, no. —Suspiré—. Aunque a lo mejor ya va siendo hora de que sepan que soy gay.

—Aún seguirán preocupándose por ti —dijo Santa—. Estos son tiempos muy inciertos para un hombre gay.

Di otro trago al whisky.

—A lo mejor, deberías revisar tu saco —comenté—. Ya sabes, por si hay algún atractivo hombre mayor agazapado en una de las esquinas.

Santa alargó el brazo y cogió mi mano.

—Créeme, desearía que hubiera uno ahí. Aunque no me puedo imaginar cómo reaccionarían tus padres cuando bajaran al salón, la mañana de navidad, para encontrarse a un hombre envuelto con un lazo rojo bajo el árbol. —Sonrió. Luego, apretó mi mano—. Espero que la próxima vez que nos veamos sea en mejores circunstancias.

Había tomado una decisión: volvería a Filadelfia, volvería al trabajo y rompería con Jay. Lo que teníamos no era justo ni para su mujer, ni para sus hijos, ni para mí. Una parte de mí siempre había sabido que tenía que cortar con él, incluso aunque me suplicara no hacerlo.

«Santa me conoce mejor que Jay. Sabe que al final haré lo correcto».

Y de nuevo, estaba a punto de pasar otra Nochebuena y aún no había mención de la mujer de Santa.

Un terrible pensamiento se apoderó de mí.

«¿Qué pasa si está muerta?».

Pero ¿cómo podría estarlo? Si Santa era inmortal, entonces, ella también tendría que serlo.

Y en ese instante, comprendí.

«¿Cuánto tiempo lleva viviendo así? Y ¿cuánto tiempo más le queda? ¿Hasta que el mundo ya no crea en él? ¿Hasta que no sea nada más que un mito?».

Mi corazón se rompió en pedazos y le compadecí.

—Si alguna vez necesitas hablar de algo... —dije cubriendo su mano con la mía—. Búscame, ¿de acuerdo? Porque estaré ahí para ti.

Para mi sorpresa, los ojos de Santa se humedecieron.

—Gracias —murmuró—, porque sé que has dicho en serio todas y cada una de esas palabras. —Liberó su mano—. Pero ahora, debo irme. —Se puso en pie y me uní a él—. Disfruta de tu familia e intenta no pensar demasiado en lo que te espera al volver a casa. No permitas que ese hombre te presione para seguir juntos; o no, si ya has tomado la decisión de romper. —Me miró fijamente a los ojos—. Porque lo has hecho, ¿verdad?

Asentí.

—Gracias por escuchar. No tenía a nadie a quien le pudiera contar esto.

—Entonces, me alegro de haber podido estar aquí para ti. —Y desapareció.

Tan pronto como se marchó fui consciente

de los ruidos de la casa: el crujir que hacía todo edificio con el paso del tiempo, el tic-tac del reloj, el ulular de un búho en el exterior,... Luego, me di cuenta de que no había oído nada de eso mientras hablábamos. Nada en absoluto. Pensé en nuestros anteriores encuentros. ¿Cómo es que nunca me había dado cuenta de la ausencia de ruido?

Probablemente, porque siempre estaba demasiado absorto en la conversación.

«¿Acaso para el tiempo de alguna forma? O al menos, ¿lo ralentiza?». Esa era una explicación; una explicación que me llevó por otros derroteros. «¿Dejo de envejecer cuando estoy con él? Aunque sea por poco tiempo».

Ahora, eso sí que era algo en lo que merecía la pena pensar.

Cuando tenía veintiocho

1995

Mi móvil silbó y miré la pequeña pantalla. Mi madre de nuevo.

MAMÁ: ¿Estás bebiendo suficiente agua? Tómate un Tylenol si lo necesitas. Intenta dormir.

No tenía fuerzas para coger ninguna llamada y tecleé una respuesta rápida.

ANTHONY: Dormiría, pero tú sigues mandándome mensajes.

Cerré los ojos entre violentos temblores que no dejaban de atormentar mi cuerpo. Nunca en mi vida me había sentido tan enfermo. Tiré de la manta, arrastrándola hasta cubrir mis hombros con ella, maravillado por cómo mi cuerpo podía estar ardiendo y sentirse gélido al mismo tiempo.

Luego, me percaté de que el reloj había dejado de sonar y ya no podía oír el ruido del tráfico en el exterior.

Abrí los ojos y ahí estaba, de pie, al lado de mi cama. Intenté sentarme, pero Santa me empujó de nuevo con un suave pero firme movimiento de mano.

—¿Qué estás haciendo aquí? —pregunté con la voz rota.

—Cuando fui a casa de tus padres y vi que no estabas, me asusté. —Se sentó al borde de la cama—. Tienes un aspecto horrible.

Y probablemente, también desprendía un olor horrible. Las sábanas estaban tan empapadas en sudor como la funda de las almohadas.

—Tengo la gripe —dije—. También la tiene un montón de gente más, aparentemente. Y es un virus bastante desagradable.

—Hasta ahí he podido adivinarlo por mi cuenta —dijo él y alargó una mano para tocar mi frente.

Agarré su muñeca.

—No te acerques demasiado —conseguí murmurar—. No quiero que pilles esto.

—No puedo contraer enfermedades humanas —sonrió. Miró el reloj que descansaba sobre la mesilla de noche—. Mira, necesito hacer unas cosas antes, pero volveré, ¿de acuerdo? Mientras tanto, intenta descansar algo.

Me las arreglé para resoplar con desgana.

—Sí, mamá. —Suspiré. Dios, me dolía todo el cuerpo.

—Duerme —susurró Santa acariciando mi sudorosa frente.

El gesto fue balsámico e hizo que mis párpados comenzaran a pesar de nuevo. Me quedé ahí tendido, hundiéndome más y más entre capas y capas de suavidad, sintiendo cómo disminuía el dolor a cada movimiento de esos dedos sobre mi piel.

«Incluso sus dedos son mágicos».

Algo suave y frío rozó mi ceja.

Abrí los ojos. Santa estaba sentado a mi lado, lavando mi frente con un paño húmedo.

—¿Te sientes mejor así? —preguntó.

—Increíblemente mejor. —Olisqueé el ambiente—. ¿Por qué puedo oler... sopa de pollo?

Sonrió.

—Porque hay un cuenco lleno de eso en tu mesilla. Y vas a comértelo todo.

—No tienes tiempo para jugar a los médicos —protesté—. Sé en qué noche estamos. Tienes mucho que hacer.

—¿Quieres que me vaya? —preguntó él arqueando las cejas.

—No, pero—.

—Entonces calla, y déjame cuidar de ti —me cortó. Otro lento movimiento de su mano sobre mi ceja—. Deja que sea yo el que decida si tengo tiempo para jugar a los médicos. —Sus ojos brillaron—. Pero no esperes que me vista como uno de ellos. Un disfraz por día, por favor.

—Pero tienes regalos que repartir —insistí. No podía dejar de pensar en el montón de críos que se levantarían la mañana de navidad solo para descubrir que el regalo que tanto habían anhelado no estaba ahí.

Santa apartó un húmedo mechón de pelo de

mi frente.

—No, no tengo más regalos que repartir —me aseguró—. ¿Dónde crees que he estado todo este tiempo desde que te he dejado? He usado hasta la última gota de magia que poseo para terminarlo a tiempo y solo me queda la necesaria para volver a casa. Así que, todo lo que haga mientras estoy aquí tendrá que ser de la variedad "no-mágica".

—Y ¿dónde es "casa"? —pregunté—. ¿El polo norte? ¿O eso también es un mito, como Rudolph? —Cuando no respondió, suspiré—. No vas a decírmelo, ¿verdad?

—Vas aprendiendo —sonrió—. Ahora, voy a ayudarte a sentarte y luego te daré de comer esa sopa. Y *no* vas a volver a protestar, ¿entendido?

Sabía cuando había sido derrotado.

—Seré bueno —me resigné.

—Eres un buen hombre —dijo y su rostro se iluminó—. Nuestra charla puede esperar hasta el año que viene. Ahora mismo, vamos a concentrarnos en ponerte en pie de nuevo.

Del exterior, capté el ruido del tráfico en la distancia.

—No estabas bromeando —murmuré mientras Santa me ayudaba a acomodarme sobre las almohadas que había apilado a mi espalda.

—¿Mmm?

—Realmente has usado toda tu magia. No has parado el tiempo.

Su respiración se cortó.

—¿Cómo sabes...? —Agitó la cabeza—. Eres

un hombre remarcable, Anthony Gordon. Y soy muy afortunado de poder llamarte amigo. —Hundió una cuchara en el cuenco—. No más cháchara.

Me senté en la cama mientras Santa me daba la sopa de pollo a cucharadas y aunque toda la situación parecía surrealista, también era maravillosa.

—¿Cuánto tiempo puedes quedarte? —pregunté.

—Me habré ido al alba. Así que, descansa. Te tengo.

Miré esa fina y suave barba que no había cambiado en dieciséis años.

—Puedo...—Callé en seco.

—Puedes... ¿qué? —preguntó.

—¿Puedo tocar tu barba?

Un suave suspiro se escapó de sus labios.

—Puedes.

Alargué el brazo y, con temblorosos dedos, acaricié el plateado vello. Tuve la sensación de que Santa estaba conteniendo el aliento mientras lo hacía y encontré la reacción cautivadora.

—¿No hay nadie más que haga esto? —pregunté. No respondió. Envalentonado, cubrí su mejilla con mi mano—. No vas a decírmelo, ¿verdad?

Retiró cuidadosamente mi mano de su rostro y sonrió.

—No, no voy a hacerlo. Estoy seguro de que tú tienes tus secretos. Bueno, pues yo también tengo los míos. —Alzó la cuchara de nuevo y pillé la indirecta.

La sopa debía contener su propia magia, porque me sentía mejor a cada cucharada. Antes de darme cuenta, había acabado todo el cuenco. Santa me ayudó a tenderme de nuevo en la cama y ajustó la sábana bajo mi barbilla.

—Duerme, amigo —murmuró.

No fui capaz de conseguir que mi lengua se moviera, lo que, probablemente, fue algo positivo. Lo último que quería soltarle a Santa era que, posiblemente, era el amigo más sexy que había tenido nunca.

Lo achaqué a la fiebre.

Estaba delirando.

Eso era.

Cuando tenía treinta y tres

2000

Me giré. Kris yacía a mi lado con el rostro orientado hacia la ventana y la larga línea de su espalda quedaba oculta bajo dos edredones. Tuve que sonreír. «Pobre bebé. Tiene frío». Escuché el rítmico sonido de su respiración hasta que me di cuenta de que ya no podía oírlo.

No podía oír nada.

Eso solo podía significar una cosa.

Me deshice del edredón y me retorcí para ponerme apresuradamente los pantalones cortos. Cogí la bata y me encaminé hacia la puerta. Tan pronto crucé el umbral que daba al salón, capté el familiar aroma.

«Está aquí».

Escaneé la habitación y le encontré de pie estudiando la copa del árbol.

—Me has encontrado —sonreí. Hacía solo tres meses que me había mudado a ese apartamento.

Se giró hacia mí con una sonrisa.

—Puedo encontrar a quien sea —dijo—. Bonito sitio, por cierto.

—Gracias —sonreí. Aún estaba trabajando en él, pero ya estaba empezando a sentirlo como mi hogar.

—¿Por qué no estás en casa de tus padres? ¿No ha habido ningún decreto este año?

Reí.

—Las cosas están un poco ajetreadas ahí abajo. Dentro de una semana, Ben se casará con su novia, Layla, y la casa está hecha un desastre. Hay regalos de boda por todas partes, el pastel está ahí,... Lo último que necesitaba mi madre era tener que alimentarnos a todos en navidad. Además, sé que quería tener un poco de espacio para ella antes de la boda, para relajarse. —Agité la cabeza—. Se ha comprado tres conjuntos distintos.

Santa me miró atónito.

—Sé que es una boda de invierno, pero ¿no tendrá demasiado calor con toda esa ropa?

Resoplé ante la imagen mental de mi madre vistiendo los tres conjuntos a la vez.

—Creo que ya ha decidido cuál llevar.

Santa desvió la atención de nuevo al árbol.

—Esto es precioso. ¿Qué has hecho? ¿Te has apuntado a un curso de decorar árboles de navidad?

Apoyé las manos sobre mis caderas.

—Y ¿qué es exactamente lo que estás dando a entender ahí? ¿Que soy un incompetente decorando árboles? Porque eso es lo que ha parecido.

Santa alzó ambas manos en son de paz.

—Oye, obviamente eso no es lo que estoy diciendo. ¿No acabo de comentar lo bonito que es? Estoy seriamente impresionado por tu destreza.

«Mierda».

—¿Por qué nunca puedo mentirte? —murmuré. Luego, suspiré—. No ha sido cosa mía, ¿de acuerdo? —Caminé hasta el aparador, cogí una de las fotos enmarcadas que había sobre él y la sostuve frente a Santa—. Es suya.

Santa estudió la foto. En ella aparecíamos Kris y yo, sentados a una mesa cuya superficie estaba cubierta, hasta el último centímetro, por la cena de Acción de gracias. Arqueó las cejas.

—Un tipo mayor, ¿eh? Qué sorpresa.

—¿Sabes? —dije entornando la mirada hacia él—. Te vuelves más sarcástico cada año que pasa. —No era una queja, por supuesto. Nuestra relación se había convertido en algo cómodo y relajado, y el hecho de que se sintiese libre de decir lo que le pasaba por la mente decía mucho.

—Así que, ¿quién es? —dijo Santa tendiéndome el cuadro de vuelta—. ¿Es serio?

—Se llama Kris —dije mirando afectuosamente la foto—. Y sí, creo que sí. —Lo suficientemente serio como para que ahora mi cama también sea suya.

—Eso es genial —dijo Santa.

Le miré detenidamente.

—¿Quieres intentarlo de nuevo? —pregunté.

—¿A qué te refieres? —dijo él frunciendo el ceño.

—Me refiero a que puede que acabes de decir que es genial, pero tu tono no acompañaba realmente a la palabra. ¿Te gustaría intentarlo de nuevo con un poco más de sinceridad? —¿Qué le pasaba? Kris era un gran tipo. De acuerdo, no todo el mundo estaba de acuerdo con eso, pero esos solo eran mis padres y aún se estaban acostumbrando a la idea de que tenían un hijo gay.

—Oye, lo decía en serio —se defendió él—. Me alegro por ti. Ya iba siendo hora de que encontraras a alguien. ¿Va a venir aquí mañana a pasar el día contigo? —Luego, calló—. Oh, no es necesario. Ya está aquí.

—Se mudó la semana pasada —sonreí.

—¿Puedo? —dijo Santa señalando el armario de los licores—. Después de todo, es Nochebuena. —Me apresuré hacia el armario para servirle un whisky. Cuando vio la botella, sonrió, y solo con ese gesto volvió a ser el Santa con el que había crecido—. Te acuerdas —murmuró.

Le tendí el vaso y luego hice un gesto hacia el sofá. Nos sentamos.

—¿Ya has terminado por esta noche? —pregunté.

Asintió.

—Me he asegurado de tener tiempo para ti. —Su mirada se desvió hacia el lugar donde había dejado la foto—. ¿Cómo os conocisteis?

—En una fiesta. La fiesta de inauguración de la casa de Ben, de hecho.

—¿Ya le han conocido tus padres?

—Claro. Nos hicieron esa foto en su casa, el día de Acción de Gracias.

Dio un sorbo al whisky.

—Entonces, debe ser serio. Quiero decir, si

os habéis mudado juntos y todo eso. —Dejó el vaso—. ¿Sabes qué? Me acabo de dar cuenta de algo. Tengo un saco de regalos que no he entregado aún. Será mejor que me vaya a solucionarlo cuanto antes.

—Pero si acabas de llegar. —Mi pecho se contrajo.

—Lo sé, pero tengo un trabajo que hacer, ¿recuerdas? —sonrió.

—Bueno. ¿Vas a volver? —pregunté y mi corazón se aceleró. Podía sentir que algo andaba mal.

—No creo —dijo Santa—. Puede que me lleve un tiempo. Pero espero que pases un gran día mañana. Paséis. —Y antes de que pudiera suplicarle que se quedara un rato más, desapareció.

Me quedé mirando el vaso de whisky.

«Ni siquiera se lo ha terminado».

No era ningún experto, pero esa forma de salir presentaba todos los signos de que Santa había huido.

Pero, ¿por qué?

Cuando tenía treinta y cinco

2002

Me serví un vaso de whisky y luego me debatí entre si debería servirme otro o no.

«Pero, ¿por qué vendría?». Su visita del año pasado había sido incluso más breve que la del anterior.

A lo mejor, finalmente se había cansado de nuestras conversaciones. Y si eso era cierto, sería una pena, porque en este momento necesitaba más que nunca a mi amigo.

«¿Puede la magia de Santa curar un corazón roto?».

El reloj dejó de sonar y el ruido del tráfico murió. Sonreí.

—He ido a tu apartamento —dijo Santa—. Hay otra persona viviendo ahí.

—Eso debe ser porque me lo han comprado —respondí y señalé el armario de los licores—. Siéntete en tu casa.

Santa paró al lado del árbol y lo miró de arriba a abajo.

—Has sido tú el que ha decorado este, ¿verdad? —Sus labios vibraron intentando contener la risa.

Dios, era bueno verle.

Reí.

—Se nota, ¿eh?

—¿Por qué no lo ha hecho Kris? —preguntó mientras se servía un whisky.

—Eso sería un poco difícil —contesté—. Está en Aruba. Con su novio. —Di un largo trago al whisky.

Santa me miró con una horrorizada expresión.

—Pero... —Tragó—. La última vez que os vi parecíais muy felices.

Suspiré.

—Y lo estábamos. Al menos, yo. Justo hasta el momento en que descubrí que el bastardo me estaba engañando con otro. Lo había estado haciendo durante todo un año, de hecho.

—Pero, ¿por qué vender el apartamento? —preguntó Santa.

—Porque cada vez que estaba ahí solo podía verle a él, ¿vale? —contesté sin molestarme en bajar la voz. Sabía que nadie podía oírme—. Tengo un trabajo nuevo, por cierto. Ahora vivo en una pintoresca ciudad llamada New Hope. Es un sitio precioso. Te encantaría. Me sorprende que no lo sepas ya. Pero a lo mejor, no estás tan pendiente de mí como solías estarlo. —Otro trago de whisky. Este era mi segundo vaso y, juzgando por cómo me estaba sentando, necesitaba ser el último. Oí un respingo y alcé la mirada en su dirección. Su dolorida expresión me calló en seco.

—Esa parte sobre no estar tan pendiente... —murmuró—. No quería que pensaras que te estaba... acosando.

—Pero sí me observas, ¿cierto?

—No te *observo*, exactamente —dijo él—. Pero puedo saber si estás pasando por un período... turbulento.

Resoplé.

—Imagino que el día en que descubrí a Kris poniéndome los cuernos hubo bastante de eso.

—Y tendrías razón. —Suspiró—. No te haces una idea de lo que me ha costado evitar lanzarme a hacerte un interrogatorio nada más llegar aquí para saber lo que había pasado. Estaba intentando parecer tranquilo.

—Entonces, lo has clavado. —Di otro trago.

—Estás dolido —dijo y el dolor también era evidente en su rostro.

—*Síp*, pero me curaré —le aseguré—. Solo necesito encontrar a un tipo mayor y buenorro, añadir otra muesca al poste de mi cama y olvidar a Kris. —Las palabras sonaron más frívolas de lo que había tenido intención, pero así era como me sentía. «Necesito echar un polvo. O muchos». Y necesitaba cambiar de tema—. De cualquier forma, mi madre me pidió que me quedara con ellos en vacaciones y vi la oferta como lo que era: una rama de olivo.

—Nunca estuvieron demasiado entusiasmados con Kris, ¿eh? —dijo Santa.

—No, no lo estuvieron —confirmé—. Pero para ser sincero, ni siquiera han mencionado su nombre ni una vez desde que llegué. Están demasiado ocupados babeando sobre mis sobrinos.

—Eso es maravilloso —dijo Santa y su rostro

se iluminó.

—Sí, finalmente Ben y Layla les han hecho abuelos —sonreí—. Creo que estaban empezando a desesperar.

Santa dio un trago a su whisky.

—¿Alguna vez has pensado en tener hijos? —preguntó.

Me encogí de hombros.

—He pensado en ello. Me decidí en contra. —Y por alguna razón no me sentía cómodo discutiendo este tema con él.

Ben era bienvenido a tener tantos hijos como quisiese. Por lo que a mí respecta, Layla podía parirlos uno tras otro. «A lo mejor, algunas personas no están hechas para tener hijos». No era una opinión que estuviera deseando discutir con Santa. Después de todo, él era el hombre que adoraba a los niños, ¿cierto?

Era hora de cambiar de tema de nuevo.

Le miré detenidamente.

—¿Cómo estás tú? —pregunté.

—Estoy bien.

Parecía el mismo, pero... ¿Acaso estaba imaginando esas líneas de más entre sus cejas? ¿Y una ligera curvatura descendente en la comisura de sus labios? ¿Las manchas oscuras bajo sus ojos?

Debía de estar haciéndolo, porque ese hombre no podía cambiar. ¿O si?

De igual forma.

Dejé mi vaso.

—¿Cuánto tiempo hace que somos amigos? —pregunté—. Más de veinte años, ¿verdad? De acuerdo, así que eso equivale a ¿cuánto? Tres semanas en total, si sumamos todas las nochebuenas. Y aun así, ese tiempo es más que suficiente como para saber cuando me estás mintiendo. —Sostuve su mirada—. Y me estás mintiendo.

Dios, podría haber sido una estatua.

Finalmente, habló.

—Me encanta mi trabajo —dijo.

—Me alegra oír eso —sonreí—. Porque si no te gustara, después de todo este tiempo, sería una putada.

—Pero hay una cosa de mi vida que desearía poder cambiar.

—Y ¿cuál es?

—Esto —dijo haciendo un gesto abarcando el salón—. Hablar. Tomar un vaso de whisky... Y desearía poder contarte más cosas. —Con más agilidad de la que había esperado, se puso rápidamente en pie—. Aunque, a lo mejor, eso puedo hacerlo. Ven conmigo.

Le miré atónito.

—¿Vamos a alguna parte? Difícilmente voy vestido para ira a... Bueno, a ningún lado —dije. No llevaba ropa bajo la bata, para empezar. Hacía años que había renunciado a los pijamas. Luego, Santa chasqueó los dedos y estábamos de pie sobre la nieve al lado de—. Oh, Señor —murmuré. El trineo era de un resplandeciente rojo y tenía un asiento acolchado que parecía enormemente cómodo. Seguí las riendas de cuero negro que se enroscaban en la parte delantera y se extendían hasta...

Ocho renos.

Ocho jodidos *renos*. Sus oscuras astas contrastaban contra el blanco escenario que nos rodeaba y sus pieles eran una mezcla de marrón oscuro y blanco, no demasiado lustroso, pero grueso.

Ocho cabezas se giraron en mi dirección y ocho pares de acuosos ojos marrones se encontraron con los míos.

Estaba siendo evaluado.

—Sabías cómo viajaba, ¿no? —dijo alegremente Santa.

—Claro, pero ¿*verlo* realmente? —dije asombrado—. Quiero decir, ¿*verlas*? —Alcé la mano—. Buenas noches, señoritas. Están encantadoras ahí.

El reno que guiaba la comitiva inclinó la cabeza y ¿el sonido que salió de ella? Lo juro, estaba riéndose de mí.

—Sube —dijo Santa.

Sus palabras tardaron uno o dos segundos en cobrar sentido en mi cabeza.

—¿Perdona?

—He dicho: sube —repitió Santa señalando el asiento—. Si tienes frío, agárrate a mí. Tengo suficiente calor para los dos.

Luego, caí en la cuenta.

Me estaban invitando a dar una vuelta en el trineo de Santa.

Veintitrés años desaparecieron en un instante y me sentí tan excitado como el niño de doce años que entró en su salón para encontrar algo que le cambiaría la vida.

—Joder, sí —solté.

Santa se encaramó al asiento y yo le seguí. Me estremecí y él frunció el ceño.

—Tienes frío —afirmó—. Debería haber dejado que te vistieras.

—Por supuesto que tengo frío —dije yo—. Estoy completamente desnudo bajo esto. —Aunque el riesgo de que cualquier parte de mi anatomía hiciera su aparición, era escaso. Estaba más preocupado por que encogieran al tamaño de una nuez. Santa se ruborizó—. Pero dijiste que tenías suficiente calor para los dos —le recordé.

Santa paso un brazo sobre mis hombros y envolvió mi cuerpo con su capa.

—No iremos muy lejos —dijo—. Solo haremos un pequeño viaje esta vez.

—¿Esta vez? —dije atónito.

Él sonrió ampliamente.

—Confía en mí, me suplicarás repetir esto de nuevo. Y ¿sabes qué? Probablemente, lo hagamos. —Luego cogió las riendas con ambas manos—. Vamos, chicas.

Hubo resoplidos, relinchos y bufidos y—. «Oh, Señor». Estábamos volando. El mundo se alejó bajo nuestros pies y yo me aferré a Santa, hundiendo los dedos en la suave tela de su capa y deseando que su brazo siguiera en torno a mí. Los renos tensaron las riendas y nos guiaron hacia el oscuro cielo de la noche cubierto de estrellas.

Y ahí estábamos; volando sobre colinas, campos, ciudades,... Algunas zonas estaban envueltas en la oscuridad y otras parecían llenas de vida con farolas, ventanas, faros de coches... En la lejanía, sobre nuestras cabezas, oí el rugido de un avión al atravesar el cielo llevando a Dios sabe adónde a sus pasajeros. Los renos se instalaron en una velocidad más cómoda y Santa se inclinó hacia atrás sosteniendo las riendas con una mano.

Un temblor estremeció mi cuerpo y pasó de nuevo el brazo sobre mis hombros.

—¿Mejor? —preguntó.

—Mucho mejor —respondí. El calor radiaba de él y apoyé la cabeza sobre su hombro mientras escuchaba el titilar de los arneses y el repicar de las campanillas que colgaban de ellos. Miré hacia abajo, intentando adivinar nuestra ubicación, pero la noche que cubría la tierra a nuestros pies hacía difícil reconocer nada.

—¿Cómo sabes dónde estás? —pregunté.

Santa rio.

—Llevo mucho tiempo trabajando en esto —dijo—. Podría hacerlo con los ojos cerrados. —Me miró de soslayo—. Pero esto, es la primera vez.

—¿Nunca antes has invitado a alguien a dar una vuelta contigo? —pregunté.

—Nunca.

—Vaya —dije y mi pecho se hinchó de orgullo—. Sí que sabes cómo adular a un hombre. —Luego, la sólida tierra se volvió más sólida aún y me di cuenta de que estábamos descendiendo—. ¿Tan pronto? —dije apesadumbrado. Quería quedarme ahí arriba y disfrutar un poco más de la magia.

Quería disfrutar de tener su brazo en torno

a mí.

—Dije que iba a ser un viaje corto —dijo Santa. Tiró suavemente de las riendas, depositando el trineo en el suelo, y los renos cayeron graciosamente a tierra, aterrizando sobre la misma superficie de nieve desde donde habían despegado antes. Santa se giró hacia mí—. ¿Te ha gustado?

—No —dije con toda seriedad. Luego, sonreí de par en par—. Me ha encantado. Y ahora estoy deseando que llegue el año que viene.

—Te prometo que el próximo viaje será más largo —sonrió—. Y te dejaré escoger a dónde ir.

—¿En serio? —dije asombrado. Todo recuerdo de Kris se había evaporado y había sido reemplazado por un viaje en trineo a través del cielo nocturno con el brazo de Santa en torno a mí.

Ese fuerte brazo.

Y su calor.

A pesar del frío, mi pene se agitó y fue en ese instante en el que me di cuenta de algo importante.

¿Todos los hombres con los que había salido hasta ahora?

¿Todos los hombres por los que me había sentido atraído a lo largo de mi vida?

Todos y cada uno de ellos se parecían a Santa.

Cuando tenía cuarenta

2007

Santa se acomodó contra el respaldo del sofá.

—Sí que has hecho cosas en este sitio —comentó—. Me gusta.

La pequeña vivienda era perfecta para mí y estaba tan cerca del río que incluso podía oírlo por la noche cuando el viento estaba en calma.

New Hope era una ciudad pequeña, amigable con la comunidad gay y, dondequiera que mirara, siempre encontraba un mar de pequeñas banderas arcoíris. Estaba llena de pintorescas tiendas, restaurantes, cafés... A lo que se añadía que el desplazamiento al trabajo no era un incordio y adoraba mi trabajo.

Había salido ganando en todo.

Bueno, no en todo, exactamente.

Mi amigo —al menos, por una vez al año—, aún seguía visitándome, pero también seguía sin desvelar nada de su vida y eso estaba empezando a preocuparme.

—Así que... Los cuarenta, ¿eh? —dijo Santa antes de dar un sorbo a su whisky.

—Si te soy sincero, no estaba seguro de qué

esperar —comenté. Cuando me miró, inquisitivo, me encogí de hombros—. ¿No dicen que la vida empieza a los cuarenta?

—Eso dicen —dijo él—. Personalmente, creo que solo es otro número. Tienden a desdibujarse después de un tiempo.

Incliné la cabeza a un lado.

—¿Acaso puedes recordar lo que era tener cuarenta años?

Santa miró pensativamente su vaso.

—Sí —contestó—, gracias a una de las cosas que a veces maldigo de mi existencia: mi memoria cristalina.

«Señor».

—Esos son muchos recuerdos para cargar con ellos —comenté.

—Y muchas otras cosas también: remordimientos, esperanzas,...

Mi pecho se contrajo.

—¿Qué habías esperado tener cuando llegaste a mi edad? —pregunté—. Porque yo esperaba tener más pelo —añadí frotándome mi reluciente cabeza.

—Oh, no sé. —Sus ojos resplandecieron—. A mí me gusta. Y aún sigues teniendo tu barba.

—Sí, pero hay más gris en ella —me quejé—. Estaba pensando en teñírmela.

Santa dio un respingo.

—Ni te atrevas —amenazó.

Le miré atónito. No había esperado una negativa tan vehemente. «¿Le gusta así de gris?». Él siguió bebiendo como si esa reacción hubiese sido perfectamente natural.

—Creo que te he hecho una pregunta —

repetí.

Santa envolvió el vaso entre ambas manos.

—Supongo que esperaba que sería feliz —contestó—. Que estaría enamorado.

Si decidía seguir siendo tan críptico y poco comunicativo, tendría que ser yo el que hiciese el primer movimiento.

—Puedo preguntar... ¿Cómo pasó esto? Quiero decir, el convertirte en Santa Claus. Estoy bastante convencido de que no naciste siendo Santa.

—No, no lo hice —admitió—. Pero... —Tragó—. No puedo hablar de eso. Hay normas.

—¿En serio? —pregunté. Él asintió—. Y ¿quién las hace?

—Tampoco puedo hablar de eso.

—¿También hay normas sobre llevar a tipos a dar una vuelta en tu trineo? —pregunté. Tosió y asentí lentamente. Ahí le había pillado—. Ya veo. Te saltaste una de esas normas, ¿verdad?

—No pasó nada —dijo Santa agitando una mano frente a él—. Nos quedamos en este mundo.

—Entonces, ¿hay otro? —Las cosas se acababan de poner interesantes.

Asintió de nuevo.

—Sí, ahí es donde existo los otros trescientos sesenta y cuatro días del año.

—¿Cómo es? —pregunté incapaz de contenerme.

Santa inclinó la cabeza y la apoyó contra el respaldo del sofá.

—Ahí, el tiempo se detiene. Lo que puede

ser espectacular... O aterrador.

Mi garganta se cerró.

—Sé que nunca hablas sobre esto, pero... Dime que no estás solo en ese otro mundo. Dime que tienes a alguien.

—No estoy solo —me aseguró—. Y sí, tengo "trabajadores". —Entrecomilló en el aire—. Pero no son elfos —añadió agitando el índice. Y luego, se quedó en silencio.

—No vas a decirme lo que son —dije y no era una pregunta.

—No —admitió él—. Reglas, ¿recuerdas?

—Pero no has contestado a mi pregunta. Tener a alguien en tu vida no es lo mismo que no estar solo.

Su nuez se movió bruscamente.

—No puedo... No puedo hablar de esto, ¿de acuerdo? Ahora, cambiemos de tema. ¿Cómo están tus padres? ¿Y Ben? Pete y Becca deben tener cinco años ahora, ¿no? ¿Qué tal se están adaptando a su vida en Europa?

Le miré en silencio.

—Si sabes que Ben ha aceptado un trabajo en Europa, entonces también sabes, exactamente, la edad de mis sobrinos. —Mi estómago se encogió. «¿Qué me estás ocultando? ¿Tan horrible es que no puedes compartirlo conmigo?». Aunque no era el único que estaba ocultando cosas—. Y todos están bien. Bueno...

—Parece que no estás muy seguro de eso —dijo frunciendo el ceño.

Debería haber sabido que no podía ocultarle nada.

—Mi madre... Está pasando por una mala racha. Temas de salud.

—Pero ¿está bien? —dijo él abriendo los ojos de par en par.

—Sí —le aseguré—. O al menos, eso creo. Sigue repitiéndome que le quedan décadas de vida. Lo que es genial, porque solo tiene sesenta y seis años. —Aunque estaba empezando a preguntarme por qué me repetía lo mismo cada vez que iba a verla—. Y en lo que respecta a mi padre... Está igual que siempre. Siguen dejando caer indirectas de vez en cuando.

—¿Qué tipo de indirectas? —preguntó Santa.

Sonreí.

—"¿Has probado alguna de esas aplicaciones de citas?", "¿Qué te parece eso de las citas relámpago?", "¿Alguna vez has pensado en hacer un crucero?". —Reí—. Incluso intentaron liarme con su médico cuando descubrieron que era gay.

—¿Y? —sonrió Santa—. ¿Cómo fue eso?

—Tiene treinta y ocho años —dije ampliando mi sonrisa—. ¿Cómo crees que fue?

—Deduzco que tu gusto en hombres no ha cambiado... —comentó Santa—. Entonces, lo entiendo. No diré nada más. —Hizo una pausa—. Así que, ¿por qué estás aquí y no en casa de tus padres?

Sonreí.

—Has pasado por allí, ¿verdad? Ya sabes que está vacía.

—Puede que haya me haya pasado antes por ahí para comprobar si estabas —admitió.

—Mis padres se han ido a Europa a pasar las navidades con Ben, Layla y los niños. Mi madre lleva meses hablando exclusivamente de eso.

Santa inclinó la cabeza a un lado.

—¿Ha habido alguien más desde la última vez que nos vimos?

Intenté contener la risa.

—Todos los años me haces la misma pregunta, lo sabes, ¿no?

—Solo quiero que seas feliz —dijo sosteniendo mi mirada—. Me preocupo por ti.

Era una apertura que no podía ignorar.

—Es gracioso, porque yo también me preocupo por ti —comenté.

—Y ¿por qué harías eso? —preguntó sorprendido.

Arqueé las cejas.

—¿De verdad necesitas preguntarlo? Eres un hombre con muchos secretos y no puedo evitar preocuparme por ti. Solo puedo verte una noche al año. ¿Qué pasa si lo que veo esa única noche al año solo es una cortina de humo? ¿Qué pasa si las otras trescientas sesenta y cuatro noches del año las pasas completamente atormentado?

Me miró detenidamente.

—¿Te ha dicho alguien alguna vez que sufres de una imaginación desbocada? Y no creas que no me he percatado de que no has contestado a mi pregunta.

Me quedé en silencio por un momento y di un sorbo a mi whisky esperando que me calentara. No podía decirle la verdad, ¿cierto?

Ninguno de los hombres que había conocido estaba a la altura del hombre en traje rojo que tenía frente a mí.

Finalmente, suspiré.

—No hay nadie —admití—. Al menos, nadie que se haya quedado más de unas pocas semanas. Me he resignado a estar soltero. Bueno... Soltero con beneficios. —Y eso era todo lo que estaba dispuesto a compartir.

Él tampoco tenía intención de compartir conmigo todos los detalles de su vida sexual con la señora Claus, ¿cierto?

Y esa idea me llevó por un inesperado derrotero.

«¿Acaso Santa practica sexo?».

Me sentía casi sacrílego imaginándome a Santa en los estertores de la pasión. Era casi como pensar en mis padres haciendo el amor, aunque... Me estremecí tan solo de pensar en ese tipo de acontecimiento. Pero ¿en lo que se refería a fantasear sobre lo que se escondía bajo ese traje rojo?

Había perdido la cuenta de las veces que había hecho eso mismo en los últimos años.

Santa me estudió en silencio y luego, tosió.

—Era algo que nunca me sentí capaz de preguntarte directamente. Supongo que ya tengo mi respuesta.

—Aún sigo tomando precauciones —le aseguré—. No tienes nada de qué preocuparte en ese frente. Y aún sigo usando condones —añadí. Aunque había estado siguiendo algunos avances médicos que podrían cambiar eso, pero antes necesitaba investigar un poco más.

—Me alegro. De que estés bien, me refiero.

Sonreí.

—Y yo me alegro de que puedas quedarte este año. —Esa mirada inquisitiva estaba de vuelta y añadí: Ha habido unas cuantas veces en las que has salido casi huyendo de aquí. O de dondequiera que estuviésemos en ese momento. —Lo más interesante de todo ello era que todas y cada una de esas ocasiones habían coincidido con noches en las que no había estado solo.

Santa desvió la atención a la ventana.

—Hace una noche maravillosa —comentó.

Sé reconocer un cambio de tema cuando lo oigo.

—¿Una noche maravillosa para una vuelta en trineo? —sonreí.

—Qué idea tan magnífica —dijo y su rostro se iluminó. Luego, se aclaró la garganta—. Pero... Este año, ¿crees que podrías ponerte algo de ropa antes?

En ese momento, lo único que pasó por mi mente fue el recuerdo del año anterior: mi bata abriéndose de par en par cada dos por tres mientras me aferraba a él.

Aún no sé quién de los dos se sintió más avergonzado: Santa, ante la imagen de mi pene balanceándose en la gélida brisa, o yo, al ver su tamaño, considerablemente más pequeño de lo que habría deseado.

Cuando tenía cuarenta y siete

2014

Cuando ya no pude oír la televisión, supe que había llegado. No es que la estuviera prestando demasiada atención, de igual forma; los programas se habían desdibujado ante mis ojos, convirtiéndose en una imprecisa masa gris de imágenes y sonido que se habían fundido con el ambiente.

Mi mente estaba en otra parte. Y dolía, joder.

Una cálida mano apretó mi hombro y me esforcé por no llorar de alivio.

—Hola —saludé y la palabra salió rota de mi garganta.

—Anthony... Lo siento muchísimo. —Ya lo sabía. Por supuesto que lo sabía—. ¿Ha venido Ben con su familia para el funeral? —preguntó.

—¿Cuál de ellas? —pregunté. Mi garganta se cerró y di otro trago al enorme vaso de whisky con soda. Estaba haciendo una mierda por calmar mi dolor.

Santa se sentó a mi lado, me quitó el vaso de la mano y lo dejó sobre la pequeña mesa que había frente a mí. Luego, me envolvió entre sus brazos.

Enterré mi rostro en su capa y lloré. Puede que no hubiesen sido los mejores padres del mundo, pero eran lo único que tenía y ahora, se habían ido. Primero, mi madre, de un ataque al corazón. Y luego, mi padre, que la había seguido un mes después tras no poder soportar estar más tiempo en la Tierra sin ella.

Era jodidamente pronto.

—Ni siquiera tuvo una década más —dije entre lágrimas.

Santa acarició mi pelo.

—¿Quieres que me vaya?

Alcé rápidamente la cabeza.

—Dios, no. Te necesito aquí. Ahora mismo, no sabes cuánto te necesito.

—Me tienes —me tranquilizó.

—¿No tienes que entregar regalos? —pregunté, rezando para que hubiera terminado por hoy. No podía soportar la idea de que se marchara; no, cuando necesitaba sus brazos en torno a mí. Una pequeña parte de mi cerebro seguía repitiéndome que estaba abrazándome así porque era su amigo y sabía que estaba sufriendo. Que no era más que eso.

No me importó. Joder, aceptaría lo que pudiera darme.

—He terminado por este año —contestó—. Ahora, soy todo tuyo.

«Dios, cómo desearía que lo fueras».

Me torturé a mí mismo con la idea de alzar mi rostro, acercarme a él y besarle. Deseaba sentir esa etérea barba frotándose contra la versión más áspera que era la mía.

Solo que no podía hacer eso. No iba a besar a un hombre hetero solo porque había fantaseado innumerables veces con ello durante los últimos años. Porque, ¿las consecuencias de tal acción?

Podría perder a mi mejor amigo.

Y eso no era una exageración. Tenía amigos y conocidos, pero ninguno me conocía de la forma en la que lo hacía él. Ninguno podía entrar en mi salón una vez al año y entender todo lo que pasaba por mi mente, comprenderme realmente, hasta las entrañas.

Nadie me entendía de la forma en la que lo hacía él.

El mejor amigo que había tenido nunca y no se lo podía decir a un alma.

Cuando mis lágrimas amainaron, me moví para liberarme de su abrazo.

—No creo estar de humor para salir en trineo este año —le dije.

—Es una pena —suspiró él—. Quería que vieses algo.

—La última vez me llevaste a Italia. Y a Islandia el año anterior a ese. Esto convencido de que no puedes superar *ese* viaje. —El paisaje había sido sobrecogedor.

Se aclaró la garganta.

—Este sería un viaje completamente distinto.

El pelo de mis brazos se erizó y mi piel empezó a cosquillear.

—Ya veo —dije y mi corazón latió con fuerza en mi pecho—. Entonces, supongo que será mejor que vayamos al trineo.

Santa se quedó inmóvil.

—Pero acabas de decir—.

—Te he mentido, ¿vale? —le corté—. Si tengo que elegir entre sentarme aquí, ahogándome en la pena y la autocompasión, o ir a dar una vuelta en trineo contigo. Bueno, no hay mucho en qué pensar. —Me las arreglé para ofrecerle una sonrisa—. Además, me has intrigado. —Luego, caí—. Vaya.

—¿Qué pasa? —dijo él frunciendo el ceño.

—Me has hecho sonreír —sonreí de nuevo—. No creo haber sonreído ni una sola vez en los últimos dos meses.

—Entonces, ven conmigo. —Se levantó y me ofreció la mano—. Te enseñaré algo que te hará sonreír de nuevo. Algo que nadie ha visto nunca. —Acepté su mano y Santa tiró de mí hasta ponerme en pie. Un segundo más tarde, estábamos de pie al lado del trineo. Los renos giraron sus cabezas, las agitaron e hicieron pequeños ruidos de júbilo y eso me hizo sentir extraordinariamente bien.

—Te han echado de menos —dijo cálidamente Santa. Se encaramó al trineo y me uní a él. Busqué la pesada manta que había colocado sobre mis piernas el año anterior y él me miró—. No vas a necesitar eso —comentó—. No adónde vamos.

—¿A algún sitio donde es verano? —pregunté.

—No exactamente —sonrió.

Me incliné hacia él, Santa cogió las riendas y los renos nos empujaron sin esfuerzo hacia el cielo. Nos elevamos alto, cada vez más alto hasta que pude ver la curvatura de la Tierra bajo nuestros pies y mi respiración se aceleró. Luego, una luz resplandeció a nuestro alrededor y nos precipitamos de nuevo hacia tierra. Grité como lo haría un crío la primera vez que monta en una montaña rusa, casi quedándome sin aliento, y me aferré a Santa mientras sentía el aire fluyendo a nuestro alrededor y mi corazón se desbocaba. Una densa y blanca nube nos rodeó, tan sólida que pude imaginarme rebotando en ella y, cuando la atravesamos—.

Parpadeé para enfocar la imagen a mis pies.

—Señor, ¿dónde estamos? —pregunté.

Era precioso. Suaves colinas verdes fluían hasta un reluciente océano y en mitad de todo ese exuberante paisaje se alzaba una casa: baja, blanca y rodeada por campos y árboles. No había nada más en kilómetros a la redonda. En la distancia, se elevaba una cadena de montañas de picos dentados cubiertos de nieve y más allá del océano pude discernir una agrupación de islas que flotaban sobre aguas imposiblemente turquesas.

Descendimos, más y más hasta que los cascos de los renos tocaron tierra y fuimos arrastrados hasta esa atrayente casa. El trineo paró en seco frente a un achaparrado muro donde un hueco sostenía una pequeña puerta.

Bajé del trineo, incapaz de apartar la mirada de la belleza natural que se desplegaba ante mí.

—¿Qué es este lugar? —pregunté.

Santa apareció a mi lado.

—Ahora estás en mi mundo y este es mi hogar —explicó.

Abrí la boca de par en par.

—Así que... Todas esas historias sobre el Polo Norte...

—Son mitos, sí —sonrió e hizo un gesto hacia la puerta—. ¿Entramos?

Subimos por el camino pavimentado con losas rosáceas y un delicioso aroma asaltó mis sentidos.

—¿A qué huele? —pregunté. De alguna forma, era familiar.

—Es la hierba —dijo Santa.

Siempre me había gustado el olor a césped recién cortado, pero esta fragancia... Luego, me di cuenta de dónde había olido este aroma antes. Era el que colgaba de Santa toda vez que aparecía en mi casa.

—No me extraña que no pudiera ubicarlo —murmuré para mí—. No hay nada así en mi planeta, ¿verdad? —dije. Porque todos mis instintos me decían que, dondequiera que fuera que viviera Santa, no era en el planeta Tierra.

Nos aproximamos a la puerta y mi pulso se aceleró al pensar qué podría haber tras ella, pero cuando la abrió, lo único que encontraron mis ojos fue un agradable y luminoso interior de paredes de un cálido color crema, suelos de azulejos rojizos y una rústica chimenea que dominaba el centro de la habitación. Una multitud de coloridas alfombras yacían por todas partes y enormes ventanales permitían que la luz natural se derramara en cada esquina.

—Esto es increíble —comenté.

Él sonrió.

—Me alegro de que te guste. —Deambulé por el salón, tocando el cuero de los sofás, inhalando la fragancia de las flores recién cortadas y estudiando los cuadros de las paredes—. ¿Son tuyos? Quiero decir, ¿los has pintado tú?

—Sí —dijo Santa—. Me estoy esforzando por perfeccionar esa habilidad, pero no me preguntes cuánto tiempo llevo esforzándome —añadió con una pequeña risa.

—Son impresionantes —le dije. La mayoría eran paisajes y bodegones, pero desperdigados entre ellos también había autorretratos, ejecutados bajo diferentes ángulos de iluminación.

El bajo techo estaba atravesado por oscuras vigas de madera, que se intercalaban entre secciones pintadas de un impoluto blanco, lo que daba un aspecto medieval al salón. Podrían haberlo sacado directamente de los libros de historia de Inglaterra.

Luego, me di cuenta de lo que faltaba.

—Somos las únicas personas aquí —dije y le miré buscando confirmación.

Él asintió.

—Por favor, siéntate. Necesito hablar contigo. —El tono solemne con el que habló me hizo estremecer. Seguí la orden y él se sentó a mi lado en el ancho sofá de cuero. Santa inspiró profundamente—. Ante todo, necesito pedirte perdón.

Me helé.

—¿Por qué? ¿Qué has hecho?

Tragó.

—Te he mentido.

Ahora, me estaba asustando.

—Continúa.

Su mirada no abandonó la mía.

—Una vez me preguntaste si recordaba haber tenido cuarenta años. Bueno... La verdad es que... No, no lo recuerdo. Siempre que he aparecido, lo he hecho con el aspecto que estás viendo ahora.

Fruncí el ceño.

—Pero... Tienes que haber *nacido*, ¿verdad?

Él negó lentamente con la cabeza.

—Fui creado tal y como me ves.

—Pero creado... ¿por quién?

Santa sonrió.

—La conciencia colectiva de la gente de tu mundo. Fueron ellos quienes, literalmente, me imaginaron y de sus sueños pasé a la existencia. Necesitaban una figura cuyo propósito fuera pura bondad, generosidad... Y así, nací a la vida. —Hizo una pausa—. También me preguntaste si estaba aquí solo. Y mentí de nuevo. Sí, solo estoy yo aquí. ¿Todos esos regalos que reparto? Los creo.

—Pero ¿cómo? —Luego, gruñí—. Con magia, por supuesto. Él asintió—. Así que, ¿fue todo una mentira? —Tenía un nudo en el estómago.

—No. Te dije que llevaba todas mis esperanzas, mis remordimientos... También te dije que quería verte feliz, verte enamorado.

Todas esas cosas eran verdad.

Fruncí el ceño.

—¿Y la señora Claus?

Santa sonrió.

—No hay señora Claus. Es un mito tan grande como el de Rudolph.

—Espera un segundo. He visto esa película. Ya sabes, aquella en la que eres un carpintero y tienes una mujer, pero no tienes hijos. Un día te pierdes en una ventisca y te encuentran unos elfos y—.

Estalló en una carcajada.

—No tengo ni idea de lo que estás hablando ahora mismo.

Pero yo no me estaba riendo. Solo de pensar en él viviendo en este maravilloso, pero solitario sitio me daban ganas de llorar.

—Pero seguro que... ¿No podrías encontrar una mujer en mi mundo? ¿Alguien que te haga compañía? Estoy convencido de que quienquiera que te crease no decidió que deberías pasar el resto de tu existencia solo. Eso es... cruel.

—Sí, podría haber elegido una esposa —admitió él—. Si hubiese querido una.

Se me encendió la bombilla.

—Vaya, ahora lo entiendo —dije y suspiré profundamente—. Ya sé por qué estás solo.

Me miró atónito.

—¿Lo sabes?

—Por supuesto —dije—. Es obvio. Si eliges a una mujer para compartir tu vida, tendrías que traerla a este mundo. Ella tendría que abandonar el mundo mortal para poder vivir la inmortalidad contigo. —Le compadecí—. Y odiarías tener que hacer eso, sabiendo que la estarías obligando a dejar a toda su familia atrás y que ella nunca podría explicarles lo que realmente está pasando.

Santa era verdaderamente generoso.

—Bueno, en parte tienes razón —dijo intentando contener la sonrisa.

Le miré detenidamente.

—¿Qué parte?

—Tienes razón en que nunca podría pedirle a alguien que abandonara su existencia mortal para estar conmigo. Todo el mundo *dice* que desearía ser inmortal, pero si se pararan a pensar seriamente en todo lo que ello implica, la realidad es que no, no querrían. ¿Una vida que no es más que una sucesión de días que se alargan hasta el infinito? Cualquier persona podría volverse loca al pensar en ese tipo de existencia.

Miré a nuestro alrededor.

—Este es un lugar precioso para volverte loco —murmuré.

—Y para hacer frente a eso, haría falta alguien excepcional. Aunque si te soy sincero, ¿esa parte sobre el infinito? Creo que nunca pasará.

—¿A qué te refieres? —pregunté.

Su expresión se tornó seria de nuevo.

—Llegará un día, y probablemente sea antes de lo que nadie cree, en el que me convertiré en algo superfluo. —Le miré boquiabierto y él asintió—. Fui creado con un propósito, después de todo. Si ese propósito deja de existir, si mi papel ya no es requerido por más tiempo, entonces, a lo mejor, yo también moriré. O a lo mejor, me quedaré atrapado en este mundo para siempre. —Suspiró de nuevo—. No sé si eso será posible, pero tengo que contar con que existe esa posibilidad. —Se aclaró la garganta—. Y el motivo por el que nunca he elegido a una mujer es, sencillamente, porque... —Sus castaños ojos se encontraron con los míos—. Preferiría tener un marido.

Cuando me quedé sin palabras

Lo juro, mi corazón casi se paró de la conmoción.

—¿Marido? —repetí.

«Espera un jodido minuto. ¿Santa es gay? Pero qué coño».

«Por favor, por favor, dime que he oído bien. Dime que todo esto no es parte de mi imaginación. Dime que no acabo de oír eso porque era justo lo que quería oír».

Dios, aún me estaba mirando.

—Marido, novio,... —continuó—. Aunque esta última palabra suena rara saliendo de alguien de mi edad. —Luego, sonrió—. No es que haya habido nunca alguien de mi edad, así que supongo que puedo decir lo que quiera. A lo que se reduce todo es a que no quería una mujer, quería un hombre.

—Así que... —Tenía que preguntar, porque la voz de mi cabeza me estaba demandando insistentemente que lo hiciera, tan alto que mis oídos zumbaban y mi cuerpo estaba temblando—. ¿Ha habido alguna vez...? Quiero decir, tiene que haber habido *alguien* que...

—Nunca se lo he dicho a un alma. Hasta ahora.

Y me lo estaba diciendo a mí. Eso tenía que significar algo, ¿no?

—¿Alguna vez has traído a—?

—No —me cortó—. Solo a ti.

—Pero has *tenido* que interesarte por—.

—No —me cortó de nuevo.

Oh, Señor, ¿me estaba diciendo lo que yo creía que me estaba diciendo?

Luego, todas las piezas encajaron en su sitio. Estaba en un mundo donde el tiempo se paraba, donde un segundo podía durar para siempre, y no quería que este segundo en particular terminara.

Bueno, no antes de que hiciese algo con la información que acababa de adquirir, suponiendo que pudiese acumular el suficiente valor para hacerlo.

Inspiré profundamente, pero lo que salió de mis labios me sorprendió enormemente.

—¿Sabes? Teniendo en cuenta que eres Santa, no hay nada en este sitio que indique que es navidad. —«Pero ¿qué cojones?». Finalmente Santa había revelado el secreto que había ocultado a todo el universo, a *mí,* ¿y yo me estaba quejando por la decoración?

Santa me miró atónito.

—Vaya... Será mejor que haga algo para solucionarlo. —Chasqueó los dedos y el salón estalló en una orgía navideña. Un enorme árbol adornado con coloridas bolas, luces y espumillón apareció en una de las esquinas. Numerosos candelabros aparecieron diseminados por todas partes y el techo se vio envuelto en adornos.

Me puse rápidamente en pie y él me imitó. Giré sobre mí mismo, absorbiendo los destellos de color que nos rodeaban.

—Esto es precioso. —Santa sacudiría el mundo si alguna vez decidía entrar en el negocio de decoración de interiores para cualquier festividad. «El resto tendría que cambiar de carrera, porque él lo clava».

Santa miró hacia arriba.

Miré hacia arriba.

Algo colgaba del techo bajo mi cabeza.

Una ramita de muérdago, verde y abundante, con sus blancas bayas resaltando entre las hojas, estaba suspendida de una de las vigas, apenas a treinta centímetros sobre nuestras cabezas.

Bajé la mirada y le encontré observando fijamente mis labios. Desvié mi atención a su grueso labio inferior, bajo el que nacía esa sedosa barba blanca con un ligero toque de gris en la raíz. Nos movimos, lenta y pausadamente, como si tuviésemos todo el tiempo del mundo para que nuestros labios se encontraran.

Lo que hicieron, por supuesto.

El tiempo se había congelado para que nuestro primer beso durara una eternidad si así lo queríamos.

Sus labios eran cálidos y suaves, y su barba acarició la mía. Cubrí su rostro con mi mano e inhalé su aroma; un olor dulce y picante que penetró hasta mis huesos. El suspiro que se escapó de él dijo sin palabras: "Aquí estás, al fin".

Me aparté, tomándome mi tiempo para no romper este momento que parecía tan frágil. Él me imitó y nos miramos. Al segundo siguiente, el espacio entre nosotros volvió a desaparecer y estábamos besándonos de nuevo. Aún era dulce, el beso, pero más apasionado. Recorrí su rostro con mis labios. Él posó la mano sobre mi cuello mientras me besaba y esos gemidos enfatizaron cada roce, cada presión de labios, alimentándome con suspiros de alegría y placer.

Cuando rompimos el beso, sonrió y una sensación cálida me inundó de nuevo.

—No tienes ni idea de cuántas veces he soñado con hacer esto —murmuró.

Sonreí de par en par.

—Lo mismo digo.

—Y ¿qué lugar mejor para besarte que en un mundo donde podríamos dilatarlo toda una eternidad si quisiéramos? —Acarició mi rostro—. Casi no hay rastro del niño que vi todos esos años atrás. —Las puntas de sus dedos trazaron la línea de mi mandíbula—. Te he visto crecer hasta convertirte en un hombre increíble.

—Hay algo que tengo que preguntar. ¿Cuándo supiste que—.

—¿Qué te deseaba? —me cortó.

—Sí. ¿Lo recuerdas?

Su sonrisa alcanzó su mirada.

—Esa parte no era mentira. Tenías treinta y tres años y llegué a tu apartamento de Filadelfia para descubrir que no estabas solo. —Tragó—. Ese fue un momento de dolorosa reflexión para mí. Y reconocimiento. Sabía que me estaba enamorando de ti, creo que lo había sabido desde que estabas a punto de cumplir los treinta. Y quería decírtelo. —Resopló—. La primera vez que me siento atraído hacia alguien en mi vida y ahí estabas tú, enamorado de otra persona. Hablando de mala sincronización. —Me estudió—. ¿Y tú?

—Hubo una vez en que pensé que eras el amigo más sexy del mundo, pero lo achaqué a la fiebre que me había causado la gripe.

Santa ahogó un grito de estupor.

—Espera... ¿Pensaste que te sentías atraído hacia mí... porque delirabas? Me siento herido.

Hice un gesto de desesperación y suspiré.

—Fue a los treinta y cinco cuando la verdad me golpeó de lleno.

—¿Qué verdad?

Sonreí.

—Que todos los hombres por los que me había sentido atraído a lo largo de mi vida se parecían a ti.

Santa tosió.

—Pensé que te habías dado cuenta de eso cuando entraste en la universidad.

Puse las manos sobre mis caderas.

—¿Estás diciendo que he estado la mayor parte de mi vida adulta deseando secretamente a Santa Claus?

—El que se pica... —sonrió.

—¿Quieres saber lo que yo creo? —pregunté.

—Soy todo oídos —dijo él.

—Creo que necesitas besarme de nuevo —

sonreí.

Sus ojos relucieron.

—Estoy completamente de acuerdo. Estoy intentando recuperar el tiempo perdido, ¿recuerdas? —Cuando fruncí el ceño, sonrió—. Oye, hace solo un momento que me han dado mi primer beso.

Su primer—.

Mi boca se abrió de par en par.

—¿Nunca has—?

—No —me cortó.

—Así que, ¿nunca has—?

—No —me volvió a cortar—. No lo he hecho. —Sostuvo mi mirada—. Así que necesitas ser delicado conmigo e ir lento.

Perdí la respiración.

—Entonces, ¿no es una suerte que estemos en un sitio donde nos podemos tomar todo el tiempo del mundo? —«Oh, Señor. Las posibilidades...».

—Pensé que necesitaba besarte de nuevo —dijo intentando contener la sonrisa.

Eso fue lo único que necesité para envolverlo de nuevo entre mis brazos. Presioné su cuerpo contra el mío mientras intercambiábamos lánguidos, castos y prolongados besos que alimentaban algo en mi interior.

—Tengo que confesarte algo —murmuré contra su cuello.

—¿Mmm? —Santa parecía eufórico.

—Me estoy muriendo por ver tu aspecto sin ese traje.

Se apartó y mi pecho dolió al ver la tristeza

que emanaba de esos arrebatadoramente bellos ojos.

—Me temo que eso tendrá que esperar hasta la próxima vez.

Conmoción.

—Tengo... ¿Tengo que irme? —balbuceé.

Santa asintió.

—Puede que el tiempo esté detenido aquí, pero aún sigue corriendo en tu mundo.

—Pero... La *próxima vez* no será hasta dentro de un año. —Asintió lentamente de nuevo—. ¿No puedes hacerme una visita aunque no sea Nochebuena?

Negó lentamente con la cabeza.

—Una noche es todo lo que tengo. Es una especie de noche elástica, eso es cierto, dado que abarca todas las franjas horarias y puede alargarse a placer para dar cabida a cualquier cosa que necesite hacer, pero una vez mi trabajo está hecho, cuando amanece la mañana de Navidad, tengo que volver aquí.

Nunca me había sentido tan triste en mi vida.

—Entonces, ¿qué importa que el tiempo se detenga aquí? —me quejé—. Estoy limitado por el tiempo de mi propio mundo.

Alzó la mano y cubrió mi mejilla.

—Necesitas saber algo. Sé que será un largo año para ti, pero a mí me parecerá aún más largo. Y pasaré todos y cada uno de esos quinientos veinticinco mil seiscientos minutos esperando hasta que pueda abrazarte de nuevo.

Me helé.

—Dos mil quince no es un año bisiesto, ¿verdad?

—No, gracias a Dios. El siguiente año bisiesto es dos mil dieciséis.

—Y ¿cómo vuelvo desde aquí? —pregunté—. ¿En el trineo?

Santa asintió.

—Es la única manera de cruzar entre ambos mundos.

—Bien. —Sonreí—. Eso significa que tendré la oportunidad de despedirme de las chicas. Tus renos me adoran —me jacté.

—Eso es porque, hasta ahora, pensaban que yo era la única persona que existía en su mundo. Nadie más puede verlas. —Hizo un gesto de desesperación y suspiró—. Salvo por el rastreador de Santa que tiene el NORAD, por supuesto —añadió burlón—. Pero de repente, las saludaste —sonrió. Luego, alzó la mano—. Venga, antes de que se haga demasiado tarde.

—Solo si me besas una vez más bajo el muérdago.

Su rostro se iluminó.

—Eso puedo hacerlo.

Cuando tenía cuarenta y ocho

2015

La luz estaba empezando a desvanecerse en el exterior y observé el rastreador de Santa del NORAD que, se suponía, estaba siguiendo su progreso alrededor del mundo.

Solo que yo sabía la verdad. NORAD no podía verle.

Mi mente retrocedió a las navidades pasadas.

Cuando me dejó, con un último beso de despedida, tuve un serio ataque de culpabilidad. Durante el tiempo que había estado con Santa en su mundo, no había pensado en mis padres ni una sola vez. Y sin embargo, por extraño que pareciese, al volver a mi hogar, el dolor había disminuido.

A lo mejor, el tiempo realmente discurría de forma diferente en ese otro mundo. ¿Acaso la mente se curaba más rápidamente allí?

El timbre de la puerta sonó y me apresuré a abrirla, preguntándome quién diablos me haría una visita a estas horas en Nochebuena. Ben y su familia estaban en Europa. Abrí la puerta para encontrarme al cartero con los brazos llenos de paquetes.

—Feliz navidad —me dijo tendiéndome los

bultos.

Los deposité sobre la silla que estaba al lado de la puerta.

—¿No es un poco tarde para hacer entregas? —pregunté.

Él resopló.

—No tengo ni idea de lo que está pasando este año. Lo único que sé es que hoy tenemos que entregar más paquetes de los que hemos tenido que entregar nunca. —Sus ojos relucieron—. Creo que Santa se ha puesto en huelga. Pero tú eres el último de mi lista. Le deseo unas felices fiestas. Voy a volver a mi hogar a colapsar. —Y luego, se fue.

Cerré la puerta. «¿Santa está en huelga?». Entré al salón para encontrármelo, de pie, al lado del árbol.

—¿Qué has hecho? —pregunté entornando la mirada hacia él.

Sus cejas se alzaron como un rayo.

—¿Perdona?

Solté un exagerado suspiro.

—Has desviado todo tu reparto al servicio postal, ¿verdad? Y ¿has hecho lo mismo en todos los países? ¿Cuántos trabajadores de correos van a estar hoy desbordados de trabajo y llegarán exhaustos a sus casas por tu culpa? —me burlé.

Santa abrió los ojos de par en par.

—No lo he hecho en *todos* los países —se defendió—. Solo en Estados Unidos. Oh, y en Europa.

—¿Puedes meterte en líos por esto? —pregunté.

—No —dijo él sonriendo de par en par—. Soy Santa, ¿recuerdas? Y lo he hecho para poder tener más tiempo contigo. Para poder... llevarte a cenar.

Lo dulce del motivo me robó la respiración por un instante.

«Me va a llevar a una cita».

Recuperé la voz.

—Esta noche la mayoría de los restaurantes estarán cerrados o al completo.

—Oh. —Se aclaró la garganta—. ¿No he mencionado que seré yo el que cocinará para ti?

—¿Puedes cocinar? —pregunté atónito.

—Bueno, si no me alimento yo, ¿quién lo va a hacer? —dijo apesadumbrado—. Si estás preparado, deberíamos irnos.

Bajé la mirada y estudié mis vaqueros y mi sudadera.

—No puedo ir así a una cita —dije. Santa tosió y alcé de nuevo la vista. Me sonrió petulante—. ¿Qué acaba de pasar por tu mente?

—Siempre puedes llevar tu bata —dijo con aire de inocencia.

Emití un grito sordo.

—¿Por qué, Santa Claus? Solo quieres mirar furtivamente mi pene. —Su rostro enrojeció y su boca se abrió y se cerró, y supe que lo había clavado—. Volveré en seguida —dije y me apresuré al dormitorio para ahorrarle algún rubor más.

Santa ruborizado era jodidamente adorable.

Mientras estudiaba el contenido de mi

armario intenté no pensar en... Bueno: sexo. Sexo con Santa. Sabía que era algo que llegaría, porque había comentado que tendría que ir despacio, y no tenía intención de meterle prisa. Esto era demasiado importante.

Cuando emergí de la habitación, vistiendo un traje gris marengo, el chaleco de brocado púrpura que había llevado a la boda de Ben —gracias a Dios que aún me servía—, y un pañuelo de seda del mismo tono cuidadosamente doblado en el bolsillo delantero de mi chaqueta, toda idea de meter a Santa entre mis sábanas se había deslizado al fondo de mi mente.

Iba a tener una cita.

Él me miró boquiabierto.

—Oh, Señor.

—¿Demasiado? —pregunté.

—No —Sonrió—. Estás perfecto. —Y con un chasqueo de dedos estábamos al lado del trineo.

Me puse frente a los renos y giré sobre mí mismo.

—¿Qué pensáis chicas? —Ellas agitaron las cabezas y resoplaron suavemente.

—Creo que has aprobado —me informó Santa.

Me encaramé al trineo a su lado, pero antes de sentarme, puse una mano sobre su hombro.

—Falta algo —dije. Mi madre solía decirme que tenía cierta faceta retorcida. Así que, a lo mejor fue mi demonio el que presionó suavemente a Santa para que se sentara y luego, se acomodó sobre su regazo rodeando el cuello con sus manos—. Feliz Navidad —susurré antes de inclinarme para reclamar sus labios en un tierno y prolongado beso.

Cuando nos separamos, sus ojos resplandecían.

—Ahora, lo es.

Aparté el plato a un lado.

—Esto ha estado increíble. —Había esperado un pavo o algún otro plato típico navideño, pero el pato con salsa de naranja acompañado con patatas Dauphinoise, guisantes y unos delicados bocaditos de zanahoria habían sido perfectos. Como también lo había sido la creme brûlée.

Pero nada de ello se acercaba a la perfección del hombre que estaba sentado frente a mí.

—Gracias —dijo y el rubor subió por su cuello—. No creerías cuánto tiempo he tardado en decidir el menú. Sin mencionar el conseguir todos los ingredientes. —Fruncí el ceño y él rio—. ¿De dónde crees que ha salido el pato? ¿O las naranjas para la salsa? No hay ningún supermercado aquí.

—¿El pato? —pregunté.

Asintió.

—Ha sido una pena que nos la hayamos

tenido que comer.

—¿A ella? —Estaba anonadado.

—Se llamaba Rosanna —dijo—. Tenía una naturaleza tan hermosa...

Por primera vez en mi vida, estaba considerando convertirme en vegetariano.

Luego...

—Espera un segundo —dije e hice un gesto de desesperación—. Acabas de citar a *Babe, el cerdito valiente*, ¿verdad?

—Amo a ese cerdo —sonrió y sus ojos relucieron con humor—. Lo siento, no he podido resistirme. Toda la comida de hoy ha sido cortesía de la magia, a excepción de la fruta y las verduras.

—¿Qué? —dije burlón—. ¿No puedes hacerlas aparecer?

—No, las cultivo —dijo él—. Algún día te lo enseñaré. —Miró hacia la puerta—. Tengo que admitir que me siento bastante culpable por tener a otros haciendo mi trabajo esta noche.

—Espera un segundo. Repartes regalos a *todo* el mundo, aparte de los Estados Unidos y Europa. Y no has estado con los pies apoyados sobre la mesa y vagueando todo el día, ¿verdad? E incluso Santa tiene derecho a pillarse una noche libre. Bueno, o parte de la noche.

—Me viene muy bien estar contigo —dijo con una sonrisa.

—Y piensa en todo ese tiempo extra que pagarán a los repartidores —añadí—. Les has dado un gran regalo de navidad.

—No lo había pensado así. —Suspiró—. De

todas formas, se merecen una paga extra en navidades. Piensa solo en todas esas tarjetas de felicitación...

Me acomodé contra el respaldo de la silla.

—Todas esas cartas dirigidas a Santa, con el remite del Polo Norte... —Reí—. No tienes que leerlas todas, ¿verdad?

—Por supuesto que lo hago —dijo con la boca abierta de par en par—. Y tomo notas de todas y cada una de las que recibo.

—¿En serio? —dije anonadado.

Santa se limpió los labios con la inmaculadamente blanca servilleta, arrastró la silla y agitó el índice en el aire.

—Ven conmigo.

Le seguí hasta un pasillo cálidamente iluminado y lo recorrimos hasta llegar a una puerta de madera.

—Mi oficina —dijo y la abrió.

Entré en el interior y—.

«Espera. Espera un segundo».

La habitación era enorme, con hileras e hileras de estanterías que se extendían hasta donde alcanzaba la vista. Esa oficina tenía que tener más de un kilómetro de largo. Tres, incluso.

Mi cerebro no podía hacerse a la idea.

—¿Cómo...? Quiero decir... Pero... —Le miré—. He visto este sitio desde el aire. ¿Cómo...?

—Lo sé —dijo con evidente orgullo—. Es más grande por dentro.

Mi boca se abrió de par en par.

—Señor. Estoy en el equivalente a la Tardis,

¿verdad?

Él sonrió de par en par.

—Esa es una de mis series favoritas.

—¿Ves la tele?

Agitó una mano en el aire.

—Soy más el tipo de persona que ve DVDs. Pero siempre he querido hablar con él. Aunque nunca he podido acumular el valor suficiente para ello.

—Hablar... Hablar ¿con quién?

Santa sonrió alegremente.

—Con el Doctor, por supuesto.

Me acababa de reducir a un amasijo de nervios.

—Pero... Es un personaje de ficción —balbuceé—. No es real. No existen los Señores del Tiempo.

Los ojos de Santa resplandecieron.

—Entonces, ¿qué soy yo sino un Señor del Tiempo?

Me helé. Rebobiné en mi mente. Le volví a mirar.

—Así que, ¿no solo estoy saliendo con Santa, sino que también estoy saliendo con un Señor del Tiempo?

Santa rio. Un alegre y desenfadado sonido que inundó la habitación y me hizo sentir joven y lleno de energía.

—Tu cara... —dijo entre risas.

«Espera».

—¿Me has mentido? —dije atónito—. ¿El Doctor Who no es real?

Se llevó los brazos a la tripa y su rostro se contrajo en una carcajada.

—Lo siento, no he podido resistirme —Se limpió las lágrimas—. Y no te enfadarías conmigo por hacer una broma. O no, si supieses la verdad.

—Y ¿cuál es la verdad? —pregunté dubitativo.

Recuperó la compostura.

—Esta es la primera broma que he hecho en mi vida. ¿Con quién podría haber bromeado antes?

Sus palabras cobraron sentido en mi cabeza.

«Realmente, ha estado muy solo».

Pero ya no lo estaba. Y yo tenía una vida entera de placeres humanos para compartir con él.

Y sabía, exactamente, cuál iba a ser su primera lección.

Eché una ojeada a la oficina advirtiendo la ausencia de mobiliario, más allá de un escritorio y una silla.

—Necesitamos un sofá —murmuré.

—¿Lo necesitamos? —dijo Santa—. ¿Para qué?

Alcé las cejas.

—Consíguenos un sofá y te lo enseñaré.

Al segundo siguiente, un sofá de cuero marrón se alzaba contra la pared.

Negué lentamente con la cabeza.

—Más grande. —Santa parpadeó y el sofá desapareció de la vista para ser reemplazado por una versión más ancha del mismo, con asientos profundos y enormes cojines—. Mejor —dije con una sonrisa. Caminé lentamente hacia él y le di un ligero empujón hacia atrás—. Es hora de ver lo que hay debajo de ese traje, Santa. Bueno... —Bajé la mirada hacia su entrepierna—. Bajo parte de él, al menos.

—Señor —dijo con voz rota.

Le miré a los ojos.

—Si no quieres que continúe, dímelo y pararé ahora mismo.

Me miró detenidamente en silencio por un momento y luego, empezó a desabrocharse el dorado cinturón con temblorosos dedos.

Tomé eso como consentimiento.

—¿Me dejas? —Aparté sus manos y deslicé el cuero por la metálica hebilla antes de retirar el cinturón. Lentamente, liberé uno a uno los dorados botones de su chaqueta y la abrí para revelar...—. ¿No llevas camiseta debajo?

—Habitualmente, no —dijo Santa—. La chaqueta es muy suave y me gusta su tacto contra mi pecho.

Acaricié su torso y él se estremeció.

—Y ahora, ya sé otra cosa que nadie más sabe en el mundo entero.

—Y ¿qué es eso? —dijo él estremeciéndose de nuevo.

—Que Santa tiene abdominales —sonreí. No estaban esculpidas como las de los tipos del gimnasio, pero tenían algo de definición, una delicada ondulación de músculos bajo la piel—. No lo entiendo —comenté—. ¿Cómo podría alguien describirte como gordo?

—No lo sé —dijo encogiéndose de hombros—. Pero puedo decirte que ¿la primera vez que lo leí? —Sus ojos relucieron con humor—. De repente, una de mis habitaciones se transformó en un gimnasio.

—Y ahora ya sé por qué no te has cambiado de traje para la cena.

Él me miró atónito.

—¿Crees que tenía algún motivo oculto?

Asentí.

—Te lo has dejado puesto solo para que pueda quitártelo. —Volví a empujarle hacia atrás.

—Si sigues haciendo eso voy a terminar cayéndome —protestó.

—Esa es la idea —sonreí—. Pero asegúrate de caer en el sofá.

Le empujé de nuevo.

Y abajo que fue. El cuero crujió ante el peso de su cuerpo hundiéndose en el asiento. Me uní a él, acariciando su desnudo pecho para animarle a que se inclinara hacia atrás. Él contuvo la respiración. Pasé un brazo en torno a sus hombros, coloqué la otra mano bajo su nuca y le besé en la mejilla, deslizándome por su piel hasta que nuestros labios se encontraron. Cerró los ojos y le besé de nuevo, tirando suavemente su labio inferior antes de explorar su boca con mi lengua.

Saboreé los suspiros que se escaparon de sus labios y ese primer y tentativo contacto de su mano sobre mi rodilla aceleró mi corazón. La cogí y la guié hasta mi entrepierna y oí cómo también se aceleraba su respiración. Presioné su mano sobre mi creciente erección, moldeándola en torno al bulto que no dejaba de ensancharse.

Me miró.

—Vaya —dijo.

—Y es todo para ti —susurré—. Y por ti.

Santa intentó contener la risa.

—El *obvio* deseo que sientes por mí es un regalo maravilloso, pero también lo son tus palabras —murmuró y succionó mi labio.

Cuando se apartó, le miré a los ojos sin dejar de acariciar su cuello y el asombro que había en su mirada amenazó con deshacerme por completo.

—Señor... —murmuró—. La forma en la que me miras...

—¿Cómo te miro? —pregunté.

—Como si... Como si fuese todo lo que siempre has querido.

—Eso es porque lo eres —sonreí. Le besé en la mejilla. Su piel era cálida y el picante aroma de antes volvió a inundar sentidos. Su mano aún estaba en mi entrepierna así que, supuse que sería justo equilibrar un poco las tornas. Cubrí su miembro con mi mano y se estremeció. Bajo mis dedos, algo se agitó.

Algo de un considerable tamaño.

No pude resistirme.

—Vaya —comenté—. Creo que aquí hay un paquete que también necesitas enviar esta Nochebuena.

Gruñó.

—Por favor, nada de juegos de palabras con Santa.

Me acerqué aún más a él y nuestros cuerpos se entrelazaron mientras nos besábamos. Pero los besos eran más profundos ahora, y cada uno se fundía con el siguiente. Su mano se deslizaba lentamente sobre mi pene mientras la otra acariciaba mi pecho, frotando mis pezones y haciéndome estremecer. Mis dedos se desviaron de nuevo hacia su entrepierna y sentí su miembro presionando contra la negra tela de los pantalones.

Necesitaba más.

Planté la mano sobre su tripa, deslicé los dedos bajo la cinturilla de su pantalón y me encontré con... El desnudo y suave capullo de su pene.

Cuando le di un regalo a Santa

—¿Tampoco tenemos ropa interior? —reí—. Estoy aprendiendo muchas cosas nuevas de ti. ¿Quién lo habría pensado? Santa va de comando. —Metió la tripa para darme más acceso y contemplé cómo se hundía el músculo—. Tengo una idea mejor —dije estudiando su bragueta—. ¿Botones? ¿Alguna vez has oído hablar de las cremalleras?

—Nunca he dedicado demasiado tiempo a pensar en ello —confesó—. A lo mejor, ya va siendo hora de modernizar mi traje.

Sonreí abiertamente.

—Solo puedo alabar la facilidad de acceso. —Retiré los dedos y desabroché sus pantalones, lo suficiente como para poder liberar su pene, que emergió apuntando hacia el techo.

—No puedo creer que esto esté pasando —murmuró Santa apoyando la cabeza contra el asiento con un tembloroso suspiro.

—Pero *quieres* que pase —quise asegurarme yo.

Alzó rápidamente la cabeza y me miró.

—Más de lo que jamás podría expresar con palabras.

Amasé la punta de su pene con mi pulgar, sin romper un segundo el contacto visual. Sus pupilas se dilataron y su respiración se volvió errática. Desabroché otro botó de su pantalón, liberando aún más de él y mantuve el lánguido ritmo mientras le besaba. Su miembro era una sólida roca de carne entre mi mano y cuando el primer atisbo de semen humedeció mi dedo, deslicé la lengua entre sus labios, explorándolos.

Quería saborear su boca.

Quería saborear su capullo.

Rompí el beso y centré toda mi atención en su polla, que ahora se alzaba orgullosa, gruesa y pesada, y el claro líquido que se escapaba de su ranura me atraía sin remedio. Cambié de posición, descendiendo más y más en un movimiento dolorosamente lento hasta que mis labios rozaron la punta.

Cuando al fin lo envolví con mi boca... Señor, el gemido que salió de sus labios... El sabor de su deseo...

Lo deslicé aún más por mi garganta, adorando cómo se le cortaba la respiración.

Se inclinó contra el respaldo del sofá y cerró los ojos.

—Señor, eso es increíble —murmuró. Me aparté el tiempo justo como para decirle que ni siquiera había empezado. Sus ojos se abrieron repentinamente y alzó la cabeza de nuevo para mirarme—. Entonces, puede que no sobreviva a esto.

—Ningún hombre ha muerto de un orgasmo —le aseguré—. Al menos, no que yo sepa. —Y volví a envolverle con mis labios.

Sus ojos se agrandaron imposiblemente y

su respiración se cortó.

—Dios Santo.

Y ahí estaba. Nuestro destino, nuestro objetivo.

Iba a regalar a Santa un orgasmo.

Acaricié su tripa.

—Cierra los ojos y concéntrate en las sensaciones.

Él asintió, inclinándose de nuevo contra el respaldo del sofá.

Succioné con fuerza y luego, me lo llevé hasta la garganta. Un roto gemido se escapó de sus labios y arqueó la espalda. Balanceé mi cabeza mientras me movía, arriba y abajo, mirando de vez en cuando su rostro. Sus ojos estaban cerrados y su respiración era superficial. Me concentré en la tarea que tenía entre labios, adorando la solidez que invadía mi boca.

Luego, me percaté de que su mano estaba en mi cabeza.

Disfruté la sensación. Había *soñado* con esto. Los suspiros que se derramaban de sus labios solo consiguieron alimentar mi deseo. Este desinteresado hombre había llevado alegría a millones de personas durante mucho tiempo, y era hora de que tuviese alguna retribución.

Este desinteresado y terriblemente atractivo hombre, que me había atraído irremediablemente desde que cumplí los treinta años.

Le liberé.

—Cambiemos un poco las cosas —dije. Me

aparté del sofá y me arrodillé frente a él. Alcé su pie izquierdo—. Estas van fuera. —Tiré y tiré de la bota y, finalmente, conseguí liberar un pie. Luego, hice lo mismo con el otro antes de deshacerme de los gruesos calcetines—. Ponte en pie. —ordené, levantándome y ofreciéndole mi mano. La cogió, le ayudé a levantarse y nos besamos. Le quité la chaqueta lentamente y sentí el calor que emanaba de su pecho desnudo. La dejé sobre el brazo del sofá y luego, me arrodillé de nuevo frente a él.

—Por favor, no —balbuceó.

Me helé.

—¿Pasa algo?

—Sí. Vas a arruinar tus pantalones.

Reí.

—Creo que pueden soportarlo. —Hice un gesto hacia los suyos—. Pero tú estás a punto de perder los tuyos. —Bajé sus pantalones hasta los tobillos y su erección se liberó por completo, agitándose frente a mí.

No negaré que se me hizo la boca agua.

—Y ¿qué hay de ti? —preguntó.

Le miré atónito.

—¿Qué pasa conmigo?

—Parece... Parece que vas a hacer todo el trabajo aquí. ¿Qué sacas tú de esto?

Me obligué a apartar la mirada de su polla y alcé la vista.

—Has pasado toda tu existencia repartiendo alegría a los demás. Va siendo hora de que alguien haga lo mismo por ti.

Su boca se abrió y se cerró.

Le ayudé a retirar los pantalones de sus tobillos, y, al fin, le tenía completamente desnudo ante mí.

Bueno, casi desnudo. Aún llevaba el gorro.

Alargué la mano para quitárselo, pero él me frenó.

—Déjame a mí. —Se lo quitó y lo dejó caer al suelo.

Me quedé absorto mirando su calva.

—Vaya —comenté. Luego, recordé las palabras que había dicho años atrás—. Pensé que me dijiste que ahí abajo solo había una mata de pelo aplastado. —Santa murmuró algo entre dientes y alargué la mano para alzar su barbilla, obligándolo a mirarme a los ojos—. Repite eso, por favor.

—No quería que supieses que soy calvo.

Sonreí abiertamente.

—¿Acaso he mencionado alguna vez que encuentro muy atractivos a los hombres calvos?

Me miró atónito.

—¿En serio?

Asentí.

—Eres un hombre bello. —Su pecho se parecía al mío; estaba cubierto por una fina capa de vello oscuro y grisáceo que dibujaba una sólida línea en dirección a su entrepierna. Su tripa era peluda y froté mi rostro contra ella, acariciándola, besándola, y sintiendo la suavidad del pelo sobre mis mejillas. Alcé la mano para acariciar sus pezones y adoré el temblor que provocó en él.

«A Santa le gusta que juegue con sus

pezones». Estaba bien saberlo, porque tenía la intención de que este no fuera un evento único.

Seguí acariciándole, deslizando mis manos por los costados de su cuerpo hasta que las puntas de mis dedos llegaron a las caderas que me llevarían más abajo. Luego, envolví su cuerpo entre mis brazos y me aferré a su culo, acariciando y amasando ese firme trasero, e ignorando su pene que ahora apuntaba directamente hacia mí, goteando semen.

—Por favor,... Anthony...

Alcé el rostro.

—¿Estás bien? —pregunté con inocencia.

Él me fulminó con la mirada.

—Me estás provocando.

Cubrí sus pelotas con una mano y lamí el capullo.

—¿Mejor? —sonreí. Sin esperar respuesta, lamí toda su longitud mientras amasaba suavemente sus testículos. Planté una mano sobre su culo y presioné para atraerlo hacia mí, besando su tripa mientras acariciaba su pene.

—Vaya, eso es increíble —murmuró.

Alcé la mirada de nuevo y sonreí.

—Como he dicho antes, ni siquiera he empezado aún —dije. Me quité el chaleco y liberé los botones de mi camisa antes de llevármelo de nuevo a la boca. Balanceé la cabeza, manteniendo el ritmo mientras usaba las dos manos para abrir la cremallera de mis pantalones y liberar mi propia erección.

—Ahora solo estás presumiendo —dijo casi

sin respiración.

Hice una pausa para ofrecerle una perversa sonrisa.

—Mira Santa, sin manos —reí. Y me incliné de nuevo para succionar su miembro mientras agitaba el mío. Sus manos se posaron sobre mi cabeza, manteniéndome en posición y sus caderas comenzaron a moverse. Su respiración era errática y sus temblores casi constantes.

Luego, paró en seco.

—¿Qué se siente? —preguntó. Le liberé y le miré en silencio con el ceño fruncido. Él cubrió mi mejilla y sostuvo mi mirada—. ¿Qué se siente al tener a alguien dentro de ti? —Se ruborizó—. No podría decirte la cantidad de veces que me he hecho esa pregunta.

—Pero... Eres Santa —dije mirándolo con incredulidad—. Podrías haberte regalado algunos juguetes. Y créeme, ahí fuera hay algunos bastante realistas.

—He repartido bastantes de esos —dijo él intentando contener la risa—. Pero nunca pensé en usarlos.

—Entonces, deja que te lo muestre —dijo. Cuando me miró, inquisitivo, sonreí—. Déjame que te muestre lo que se siente.

—No... —empezó y su respiración se aceleró de nuevo—. No estoy seguro de estar preparado para eso. —Hizo un gesto de desesperación—. Qué estoy diciendo. Llevo siglos soñando con estar con un hombre y cuando por fin tengo la oportunidad, me resisto a ello.

—Oye —dije suavemente mientras me ponía en pie—. Dijiste que querías ir despacio. Así que, eso haremos, ¿está claro? —Le besé ligeramente en los labios—. También me pediste que fuera delicado contigo. Así que ahora, lo único que necesitas hacer es confiar en mí. —Le empujé juguetonamente hasta que lo tuve sentado de nuevo en el sofá—. ¿Cómo de flexible eres, Santa?

Sus ojos se abrieron de par en par.

—No tengo ni idea, pero sospecho que estoy a punto de descubrirlo.

Me bajé los pantalones hasta la cintura antes de desecharlos por completo y mi erección se alzó.

—Ahora, los dos estamos desnudos. ¿Contento?

—Soy un gran defensor de la igualdad de oportunidades —dijo y sonrió—. Y yo que pensaba que la bata te sentaba bien. No puede compararse a verte desnudo. —Tragó—. Bello ni siquiera llega a describirte.

El comentario me enterneció.

—Deja que te haga sentir bien.

Cogí una de sus piernas y la alcé lentamente hasta que le tuve tendido de espaldas en el sofá con un pie descansando sobre el respaldo y el otro, en el suelo. Acaricié sus muslos en un lento y controlado movimiento.

—Y ahí está —dije mirando su orificio.

Santa tragó de nuevo.

—Ya has visto más de mí que yo mismo.

—Entonces, deja que sea el primero que te

diga esto —dije acercando mi dedo para frotar lentamente su orificio—. Tienes un culo precioso.

—¿Acaso existe eso? —rio él.

Le miré atónito.

—La belleza está en el ojo del que mira, ¿de acuerdo? Y te lo digo en serio, tienes un culo precioso. —Miré a mi alrededor—. Ahora mismo nos vendría muy bien algo de lubricante.

Santa parpadeó y un bote de lubricante apareció en el suelo a nuestros pies. Luego, se estremeció. Exprimí un poco del líquido sobre mi índice y presioné para entrar.

Él inclinó la cabeza hacia atrás y cerró los ojos de nuevo.

—Por favor, no pares —murmuró.

—No duele, ¿verdad? —pregunté.

—Un poco, pero es un buen dolor. Sigue.

Presioné mi dedo hasta que la primera falange desapareció en su interior y sentí cómo lo aprisionaba con su cuerpo. Su interior era cálido y prieto. Esperé un momento antes de seguir y unos segundos más tarde, estaba completamente dentro. Su gruñido de placer me animó. Me moví lentamente, dentro y fuera de él, adorando cómo su cuerpo me succionaba en cada movimiento.

—Espera —sonreí y doblé el dedo.

—Espera a qu-... Oh, Dios Santo, ¿qué acabas de hacer? —Sus ojos se pusieron en blanco y vi cómo se deshacía en el sofá.

—Santa, te presento a tu próstata.

Me fulminó con la mirada.

—Menos hablar y más hacer... lo que quiera que estés haciendo.

—Tus deseos son órdenes —sonreí. Lubriqué otro dedo y un segundo más tarde, ya había dos dentro de él. Mantuve un movimiento relajado y constante y me incliné para succionar su polla una vez más. Le llevé hasta mi garganta mientras me lo follaba con los dedos y pude sentirle retorciéndose sobre ellos, incapaz de mantenerse quieto. Sus caderas se balancearon, oscilando entre mi boca y mi mano, y su cuerpo se hundió aún más en el cuero del sofá mientras sus manos se aferraban a la tela, con la tripa temblorosa y casi sin respiración.

Froté su próstata de nuevo y se estremeció.

—Oh, eso es... —susurró.

Lo repetí de nuevo. Y de nuevo. Y de nuevo, hasta que sus músculos se tensaron en torno a mis dedos y supe que estábamos llegando al final.

—Anthony... Oh, Señor... Anthony... Creo que...

El cálido líquido que inundó mi boca no me pilló de sorpresa y tragué hasta la última gota.

Dejé mis dedos en su interior, inmóviles, mientras limpiaba su pene con la lengua. Cuando sus temblores se extinguieron, salí cuidadosamente de él y me tendí a su lado en el ancho sofá con mi propio pene tan erecto que empezaba a doler.

—Creo que ahora me toca a mí darte placer —dijo entrecortadamente. Envolvió mi pene con una mano y lo agitó tres o cuatro veces. Me corrí sobre su tripa, pintándola con mi semen. Luego, cubrió mi rostro con ambas manos y me acercó a él para besarme mientras cabalgaba mi orgasmo.

Ese debió de ser el orgasmo más dulce de mi vida.

Cuando hubo terminado, me acomodé entre sus brazos.

—Aún no puedo creer que haya hecho correrse a Santa —murmuré.

—¿Siempre es así? —dijo él—. Tan... intenso, tan sobrecogedor. —Alcé la cabeza para mirarle y él me besó en los labios—. Acabas de darme aquello por lo que llevo soñando durante mucho tiempo. Y sí, ha sido una experiencia increíble, pero lo que ha hecho que sea tan increíble es que... He vivido esa experiencia contigo.

Sus palabras eran un eco de lo que sentía en mi corazón.

—Y volveremos a vivirla. Juntos —le aseguré.

—Bueno, sé que este es el único regalo que voy a conseguir hasta el próximo año. —Cuando alcé las cejas y le miré, él sonrió—. Eso es lo que dicen, ¿no?: "La navidad solo es una vez al año". —Sus ojos relucieron con humor.

Gruñí.

—Pensé que dijiste que nada de juegos de palabras con Santa.

Me hice una silenciosa promesa a mí mismo.

La próxima Nochebuena le daría tantos orgasmos como pudiese.

Después de todo, tenía mucho tiempo que recuperar.

Se estremeció.

—No sé tú, pero yo tengo un poco de frío. —De la nada, apareció una manta sobre nosotros.

Suspiré alegremente.

—Podría acostumbrarme a esto —murmuré. Me acurruqué contra su cuerpo y apoyé la cabeza sobre su hombro. Ambos estábamos húmedos y sudorosos y la sensación era embriagadora.

—¿A vivir con magia? —preguntó.

—Sí.

Solo que eso era mentira. Lo que *realmente* quería decir era que podría acostumbrarme a vivir con él.

Me estaba engañando a mí mismo, por supuesto. Solo teníamos una noche al año y eso tendría que ser suficiente.

—Gracias —dijo y me besó.

—¿Por qué?

—Por hacer que mi primera vez sea tan especial.

—Se necesitan dos para conseguir eso, ¿recuerdas?

—Sí, pero yo no he hecho nada.

—Pero lo harás, la próxima vez —le aseguré.

Su mirada se apagó.

—Solo que falta un año para la próxima vez. —Suspiró—. Sospecho que dos mil dieciséis va a ser el año más lento del mundo.

—¿Por qué?

—El tiempo es muy caprichoso —dijo estrechándome aún más entre sus brazos—. Acelera cuando no quieres que lo haga y se arrastra cuando estás esperando algo. Y lo único que voy a hacer es esperar hasta la próxima vez que pueda tenerte entre mis brazos... para hacer esto.

—Yo también —confesé.

—Pero tú no tienes que esperar tanto —dijo Santa mirándome con genuina sinceridad—. Tienes tu propia vida que vivir. Y si encuentras a alguien...

«Ah».

Acaricié su sedosa barba.

—Hay algo que necesitas saber. —Le miré fijamente a los ojos—. No voy a hacer esto con nadie más, ¿entendido?

Él me miró boquiabierto.

—No espero que—.

Le corté con un beso. Luego, me aparté y sostuve su mirada de nuevo.

—Solo hay un hombre para mí, ¿entendido?

No lo había dicho directamente, pero solo podía sacar una conclusión de mis palabras. Me miró en silencio y, de repente, sus ojos se humedecieron. Se los limpió rápidamente con la mano.

—Entonces, espero que estos trescientos sesenta y cinco días pasen volando.

Tardé un segundo en hacer las cuentas.

Joder. Un año bisiesto.

—Un día más no nos matará —susurré. Luego, cerré los ojos para olvidar dentro de poco tendría que abandonar este mundo. Y sus brazos.

Cuando tenía cuarenta y nueve

2016

Ben parecía disgustado y no podía culparle. Llevaba meses pidiéndome que fuera a visitarles y en todas y cada una de esas ocasiones le había contestado que no podía. Caminé de un lado a otro del salón con el móvil en mano, parando de vez en cuando para mirar el reloj.

«Llegará en seguida». El cartero ya había aparecido en mi puerta, así que sabía que había reservado un tiempo para nosotros.

La voz de Ben rompió mi hilo de pensamiento.

—Aún no entiendo por qué no quieres venir con nosotros. ¿Por qué querrías estar solo en navidad?

—No es que quiera estar solo —contesté—. Es que tengo algunos... compromisos ineludibles. —Bueno, un compromiso en particular, que había ocupado mi mente todos los días desde la Nochebuena pasada.

Había hecho planes para esta.

—¿En vacaciones? —dijo Ben atónito.

—Venga. Os vi hace dos meses —le dije. Ya me sentía lo suficientemente culpable, no necesita que Ben echara más leña al fuego que ya ardía en mi mente.

—Bueno... —suspiró Ben—. Supongo que tendré que esperar un poco más. No es que vaya a tener la casa vacía. Toda la familia de Layla está aquí. Es solo que... Tú eres la única familia que tengo ahora y los gemelos siguen preguntándome cuándo van a volver a ver al tío Anthony.

Tenía que hacer algo para animarle. Era navidad, por el Amor de Dios.

—Iré a veros en año nuevo —le aseguré.

Hubo una pausa.

—¿En serio? —preguntó Ben jovialmente.

—Claro —contesté—. Me deben algunos días de vacaciones de igual forma. Nunca los uso todos. Y estaría allí ahora, pero... Tengo que estar aquí. No puedo decirte más. —Silencio—. ¿Ben?

—Oh-Dios-Santo.

—¿Qué? ¿Qué pasa? —Mi corazón se aceleró.

—Ahora lo entiendo. Has conocido a alguien. —Antes de que pudiera decir nada, se lanzó a hablar: ¿Cómo se llama? ¿Cuánto tiempo llevas con él? ¿Voy a conocerle?

—Oye, para el carro —reí—. ¿Qué te hace pensar que he conocido a alguien?

—Por todo ese secretismo con el que hablas. ¿Es que aún no me conoces? Puede que mi trabajo te haga pensar otra cosa, pero realmente no me importa que te gusten los hombres. Me alegré muchísimo cuando te decidiste a contárnoslo. Lo admito, Kris no habría sido mi primera elección y si alguna vez me cruzo con ese bastardo le romperé las putas piernas por engañarte.

Me quedé atónito y balbucee:

—Espero que tu obispo, o quienquiera que sea la persona ante la que tienes que responder, no te oiga usar ese lenguaje.

—En cuanto cuelgue, pediré a Dios que me perdone. Probablemente, piensa lo mismo que yo sobre ese bas... Ese *hombre*. Pero odio que estés solo en navidad. —Otra pausa—. Aunque no estás solo, ¿verdad?

La ironía. Yo le había preguntado lo mismo a Santa.

Inspiré profundamente.

—De acuerdo. No estoy solo... Pero... Es complicado, ¿vale?

—Gracia a Dios por eso. —Otra pausa—. ¿Bueno? ¿Eso es todo lo que me vas a contar?

Era todo lo que podía dar.

—Por ahora, sí. Pero te prometo que estaré allí para año nuevo.

—¿Puedes traerle contigo?

Mi corazón se hundió.

—Lo desearía, pero no va a ser posible.

—No pasa nada. Al menos, podré ver a mi hermano mayor. Y será mejor que te prepares porque el año que viene iremos todos a tu casa. Te tenemos que ayudar a celebrar el medio siglo, ¿eh?

Tenía la sensación de que solo había pasado un instante desde que Santa mencionara mi paso a los cuarenta.

«¿Dónde han ido todos esos años? Y ¿por qué han pasado tan jodidamente rápido?». Solo quería celebrar el medio siglo de una forma y sabía que esa sería imposible.

—Claro, podemos hablar cuando nos veamos —contesté. Un ruido de fondo me dijo que nuestra conversación estaba llegando a su fin—. Te llamaré para decirte cuándo aterrizará mi vuelo, ¿de acuerdo? Me pondré a ello después de navidad.

—A Layla y a los chicos les va a encantar verte —dijo Ben—. Feliz navidad, hermano.

—Feliz navidad, canijo. —Me aclaré la garganta—. Oh, y ¿Ben? ¿Puedo disculparme ahora?

—¿Por qué?

—Cuando Becca abra su regalo de navidad... No me odies, ¿de acuerdo? He intentado comprarla algo que pensé que encantaría a una chica de catorce años.

—Señor, ¿qué la has enviado?

Reí.

—Lo descubrirás mañana.

Gruñó.

—Rezaré por ti esta noche cuando haga el servicio navideño para toda la tropa.

Reí y colgué. Becca iba a *adorar* el kit de tatuajes. Me habían asegurado que permanecían en la piel de siete a diez días.

Luego, me di cuenta de que no había ruido. Ningún ruido. Sin girarme, sonreí.

—Sé que estás aquí —dije.

—Quería dejar que terminaras tu llamada —dijo Santa—. ¿Va todo bien?

Me giré hacia él. Estaba de pie al lado del árbol, envuelto en esa larga capa del mismo vibrante rojo y su barba estaba casi camuflaba bajo el ribete de pelo blanco que la adornaba. Al verle, mi cuerpo y mi alma entraron inmediatamente en calor.

—Era mi hermano, Ben. Voy a ir a verles en año nuevo.

—¿Por qué no has ido allí a pasar la navidad? —preguntó frunciendo el ceño—. Lo habría entendido. La familia es importante.

—Porque si lo hubiese hecho, te habría echado de menos —contesté—. Y tu repentina aparición en su casa podría haber sido algo difícil de explicar. —Todas las emociones que había sentido durante ese pasado año: el anhelo, el dolor, el deseo,... se acumularon de repente en mí. Santa abrió los brazos y corrí hacia ellos. Nuestros cuerpos se entrelazaron y nuestros labios se encontraron de nuevo en un profundo y prolongado beso.

No me cansaba de él.

—Te he echado muchísimo de menos —murmuró.

¿La parte más difícil de no haberle visto en todo un año? No había tenido nada físico que me recordara a él.

—¿Sabes lo que quiero para navidad? —dije—. Una foto tuya. Algo a lo que pueda mirar cuando no estés aquí.

Algo a lo que pudiera hablar.

Algo con lo que pudiera fantasear.

—Puedo solucionar eso —sonrió e inclinó la cabeza a un lado—. ¿Estás preparado para irnos? La cena nos está esperando.

Tenía otro apetito más inminente que aliviar.

—¿Puede esperar un poco más? —dije besándole tan lento como pude—. Te deseo demasiado —susurré en su oído.

Santa cogió mi mano y la llevó a su entrepierna.

—No tanto como yo te deseo a ti. —Señor, estaba duro como una roca—. La cantidad de veces que he pensado en tener esto... —Deslizó los dedos sobre mi incipiente erección y sus ojos se encontraron con los míos— dentro de mí.

Yo también me estaba muriendo por tener eso dentro de él.

Alzó la mirada al techo y rio.

Yo arqueé las cejas.

—¿Cuál es el chiste?

Santa sonrió de par en par.

—Las chicas se mueren por verte —explicó—. Puedo oír cómo pisotean el suelo desde aquí. Están impacientes.

—Me encanta que las llames "chicas" —sonreí. Me incliné y besé la punta de su nariz—. Es hora de dar una vuelta en trineo. —Luego, recordé—. Espera un segundo. Necesito coger algo antes.

Santa me paró en seco.

—No necesitas coger... suministros. Si eso es en lo que estabas pensando. No conmigo. —Sus ojos relucieron—. Bueno, aparte de lubricante. No tengo *tanta* magia.

Reí. Me liberé de su abrazo, cogí mi móvil que aún estaba sobre la mesa donde lo había dejado y luego, escaneé la habitación.

—¿Qué estás buscando? —preguntó.

—Mi altavoz con Bluetooth. Quiero poner algo de música cuando lleguemos a tu casa. —Me había pasado el año entero buscando setenta canciones para hacer una lista y la había almacenado en mi móvil. Tenía más de tres horas de audio y la intención de dar un buen uso a todos y cada uno de esos minutos.

Santa rio.

—Eso podré solucionarlo. —Me tendió la mano—. Vamos. Te traeré de vuelta al amanecer.

Esas palabras fueron música para mis oídos y, simultáneamente, dolor para mi corazón.

Entramos en su casa y, cuando cerró la puerta, pareció que alguien hubiese activado un interruptor en mi cuerpo. Eliminé la distancia que nos separaba al instante, tocándole, besándole,... incapaz de contenerme por más tiempo. Sentí sus manos sobre mi espalda, mi cintura, mi culo... Le empujé contra la pared y le inmovilicé ahí con mi cuerpo.

—Hola a ti también —murmuró entre besos.

Le miré a los ojos y acaricié su mejilla.

—Te he echado de menos. He echado de menos tu voz, tus manos, tu risa... Casi había olvidado cómo eres.

Cubrió mi nuca y reclamó mi boca en un ferviente beso que estremeció todo mi cuerpo.

—¿Cuándo llegué aquí el año pasado después de dejarte en tu hogar? Deambulé por toda la casa recordando dónde habías estado. —Sus ojos relucieron—. He dejado ese sofá en la oficina, por cierto. Me he sentado ahí más veces de las que me gustaría admitir, recordando lo que hicimos.

—Este año ha pasado a rastras —me quejé. Iniciamos otra ronda de fervientes besos y caricias que no quería que terminara nunca—. ¿Es posible recuperar todo un año de besos antes de cenar?

Santa rio y cuando enterró el rostro en mi cuello, pude sentir su barba acariciando suavemente mi piel.

—Estaba esperando muchos besos —dijo y sus palabras vibraron en mi garganta.

Le aparté para mirarle a los ojos.

—Recuerdo lo que te prometí. Relajadamente y sin prisa, ¿verdad?

—Y delicadamente. No olvides delicadamente.

Sonreí y volví a inclinarme para besar sus labios; un prolongado beso que no hizo demasiado por aliviar el fuego que ahora corría por mis venas.

—Siempre podemos saltarnos la cena —sugerí. Nunca había sido tan consciente de la presión que el paso del tiempo ejercía sobre mí. Un tiempo que lo alejaría de mí.

—Sí, podemos —admitió él—. Pero entonces, nos privaríamos de crear otro nuevo recuerdo. Algo para ayudarnos a soportar la espera hasta el año que viene. —Cubrió mi rostro con ambas manos—. Lo sé, Anthony. No tenemos mucho tiempo. Pero alargaré esta burbuja tanto como pueda y haremos que cada segundo cuente.

Le besé.

—¿Por qué no te pones algo más... cómodo? —comenté—. Porque estoy seguro de que no llevas ese traje las veinticuatro horas del día.

Él sonrió ampliamente.

—Vuelvo en seguida.

—¿No vas a limitarte a chasquear los dedos? —pregunté arqueando las cejas.

Santa rio.

—También tengo un armario, ¿sabes? —Me dio un rápido beso y abandonó la habitación.

Mi alma estaba siendo desgarrada en dos: deseaba verle de nuevo, pero sabía que lo único que significaba eso era que volvería a perderle tras una única noche juntos.

—¿Servirá con esto? —preguntó.

Aparté la mirada del nuevo autoretrato y me encontré a Santa en vaqueros y con un colorido jersey navideño. Ahora, una hilera de renos danzaba sobre su pecho y su calva resplandecía.

—Me encanta tu nuevo aspecto —dije intentando contener la risa—. Tienes toda una colección de jerséis navideños escondidos ahí, ¿verdad? —El rubor de sus mejillas me dijo

todo lo que necesitaba saber—. Por supuesto...
—sonreí—. Aunque no vas a llevar ropa por
mucho tiempo —amplié mi sonrisa—. He oído
que las cenas nudistas están de moda.

Santa rio.

—No en esa casa.

Señalé el retrato.

—Este es nuevo —comenté y él asintió.
Estudié la obra—. Puede que solo sea mi
imaginación, pero pareces triste aquí.

—Eso es porque lo estaba —dijo Santa—.
Pensaba día y noche en ti. Supongo que un
poco de esa melancolía permeó en la pintura.

Mi pecho se contrajo.

—No quiero que estés triste. —Odiaba
imaginármelo ahí, solo, pensando en mí e
incapaz de alcanzarme.

—Empecé a pintarlo como un mes después
de tu visita —explicó—. Según tu calendario,
por supuesto. Pensé que un cuadro nuevo me
ayudaría a apartar mi mente de ti. —Su
sonrisa no alcanzó su mirada—. Vana
esperanza.

Una idea apareció en mi mente y no dudé.

—¿Me pintarías a mí algún día? —pregunté.

Él me miró detenidamente.

—Como si no tuviéramos que exprimir ya el
poco tiempo que tenemos juntos. —dijo.
Luego, suspiró—. Lo siento. Eso ha sonado
algo amargado. Así que, antes de pronunciar
otra palabra de la que vaya a arrepentirme,
hay algo que me gustaría enseñarte. —Me guio
a través de la casa hasta la puerta trasera y
salimos al cálido sol del día.

De repente, estaba de pie en un jardín y frente a mí había hileras e hileras de camas, reventando de verdes tallos que salían de la oscura tierra. Observé los árboles que me rodeaban: había manzanas, peras, cerezas,... Plantas de frambuesas trepaban por esbeltas cañas y bajo ellas advertí enormes repollos y coliflores.

—Esto es increíble. —Y lo era—. ¿Qué más estás cultivando?

—Sería más sencillo preguntar que *no* estoy cultivando —sonrió Santa—. Hay zanahorias, judías, guisantes, patatas, rábanos, cebollas, ajos,... —Dejó escapar un suspiro de satisfacción—. Me encanta pasar el tiempo aquí. Me sienta bien al alma. Pero la magia sí que juega un pequeño papel. Mis frutas y mis verduras crecen durante todo el año, pero cuando están listas para ser cosechadas, se mantienen en su punto hasta que las recojo. Y luego, vuelvo a plantar de nuevo.

—Tengo que confesarte algo —comenté.

Sus cejas se alzaron.

—Dime.

—¿La noche que te conocí? ¿Cuando te comiste las galletas de mi madre? No... No sabía que podías comer. Pensé que te limitabas a... hacer desaparecer las galletas para que la gente no se sintiera decepcionada.

Santa rio.

—Puede que sea un ser mágico, pero incluso los seres mágicos necesitan comer. —Me tendió la mano de nuevo y la cogí. Volvimos al interior.

—Me encanta que hagas eso —dije cuando cerró la puerta y me guiaba de nuevo por el pasillo. Se giró y me miró inquisitivo—. Me coges de la mano.

—Las manos están hechas para coger y ser cogidas —dijo tranquilamente. Luego, sonrió—. También están hechas para tocar, acariciar... —Paró frente a una puerta de un cálido tono rojo— No tuve la oportunidad de enseñártelo la última vez —dijo y empujó la puerta. Cuando se abrió, entramos en un luminoso y aireado espacio dominado por una cama.

Una enorme cama.

Señor, la de imágenes que pasaron por mi cabeza en ese momento.

Reí forzadamente.

—¿De verdad necesitas ese tamaño? Debes moverte mucho cuando duermes. —Esa febril sensación de antes volvió, y una voz en mi cabeza me insistió que olvidara la delicadeza, que olvidara tomarnos nuestro tiempo, que los dos deberíamos estar desnudos. *Ya.*

—La cama es nueva —dijo Santa—. La he escogido para nosotros.

—Así que, ¿Santa también duerme? —sonreí.

—Por supuesto que duermo —dijo él y su mirada se encontró con la mía—. Es ahí cuando puedo soñar contigo.

Mi garganta se cerró.

—Yo también sueño contigo —admití. Y sin mediar una palabra más, nos abrazamos y nuestros labios se unieron en un beso que se acaloró conforme nos quitábamos la ropa, capa tras capa, hasta que estuvimos completamente desnudos.

El seco *pum* de la hebilla de mis pantalones al chocar contra el suelo me recordó algo. Le liberé, los cogí y rebusqué en los bolsillos hasta sacar mi teléfono.

—Sobre ese altavoz... —comenté. Santa chasqueó los dedos y un cilíndrico altavoz azul apareció sobre la mesilla de noche. Conecté mi móvil y pulsé "Reproducir". La primera melodía que había grabado se derramó por el dormitorio. Sonreí—. Perfecto —dije dejando mi teléfono al lado del altavoz—. Tengo otras tres horas de perfección ahí dentro.

Santa tosió.

—Supongo que tendremos una cena tardía, entonces.

Me acerqué a él hasta que nuestros cuerpos se encontraron de nuevo y pude sentir su cálida piel contra la mía.

—Realmente necesito esa foto —dije. El año anterior había intentado grabar su imagen en mi retina, pero a medida que pasaron los días esa imagen fue difuminándose en mi memoria.

—Y la tendrás —me aseguró—. Igual que yo. —Bajó la mirada—. ¿Te importa que quiera mirarte?

—No me importa en absoluto —murmuré—. Estoy haciendo lo mismo. —Sus manos acariciaron mis costados y cogí sus muñecas para guiarlas hasta mi pecho. Presioné sus palmas contra mi corazón—. Puedes tocar, lo sabes, ¿no?

Lenta, muy lentamente, me rodeó con su brazo y nuestros labios se fusionaron de nuevo. Le envolví entre mis brazos y le presioné contra mi cuerpo hasta que nuestros pechos chocaron y nuestros miembros se encontraron. Y le sostuve ahí, sintiendo su sólida erección contra la mía.

Al fin.

Habíamos conectado de nuevo.

Deslizó una mano por mi torso hasta que sus dedos encontraron mi pene y lo acarició de forma tan reverencial que pensé que estallaría entre ellos.

—Estaba pensando en aficionarme a la cerámica —comentó.

Le miré atónito.

—De acuerdo, ¿de dónde sale eso?

Sus ojos relucieron.

—Quería hacer un modelo de tu pene.

—Y ¿por qué harías eso?

Alzó las cejas.

—Porque así podría hacerme un molde de silicona. De esa forma sería capaz de... apreciarlo cuando no estés aquí.

Le miré detenidamente.

—Ahora ya sé lo que regalarte la próxima navidad —comenté. Él frunció el ceño y yo sonreí abiertamente—. Es un equipo que te permite clonar un pene.

Me miró boquiabierto.

—¿Eso existe? Pensé que eran de broma.

Reí.

—Creo que vamos a divertirnos mucho eligiendo juguetes para ti.

Solo que no había tiempo para eso, ¿verdad?

Sus ojos se encontraron con los míos.

—Ahora mismo, preferiría tener el auténtico —dijo y me empujó suavemente hacia atrás hasta que mis piernas chocaron contra el borde del colchón. Luego, presionó una mano contra mi pecho y caí sobre la cama—. He esperado un año entero para hacer esto. —Se arrodilló frente a mí, mirando fijamente mi erección.

Pero yo no estaba mirando mi pene.

Lo único que podía ver era su rostro.

Cuando me di cuenta de la verdad

Acarició mi miembro con la punta de los dedos, estudiándolo, sintiendo su textura.

—Es un pene precioso —comentó.

—Y es todo tuyo —murmuré. Sabía que ya estaba húmedo, pero no podía apartar mis ojos de ese bello rostro, de esa expresión de intensa concentración. Santa aumentó la presión de su mano, deslizándola arriba y abajo por toda la longitud mi erección y yo balanceé mis caderas contra el túnel que habían creado sus dedos. Nuestra respiración se aceleró. Amasó mis pelotas con una mano mientras su pulgar acariciaba la delicada piel que le llevaría a mi orificio. Cuando lo encontró, se me cortó la respiración.

Él sonrió.

—Eso será para otra ocasión —sonrió y sostuvo mi mirada mientras acercaba su boca a mi capullo. Cerca, cada vez más cerca, hasta que pude sentir su aliento sobre él. Sin romper el contacto visual, lo lamió.

No podía recordar la última vez que había sentido esa deliciosa sensación.

No podía recordar cuánto tiempo había anhelado sentir esos labios sobre mí.

Santa cerró los ojos, como si quisiera saborear el momento. Luego, los abrió de nuevo y se concentró en mi rostro antes de metérsela entera en la boca.

«Por fin».

Cuando me liberó, me estremecí.

—Hazlo de nuevo —supliqué. La música estaba haciendo su propia magia a nuestro alrededor y mi deseo entró en una espiral ascendente.

Santa agitó mi polla con un firme movimiento y luego, hizo una pausa para lamerla, de la raíz a la punta, hasta saborear mi semen.

Acaricié su cabeza y alzó la mirada.

—Podría pasarme días reverenciando tu pene —comentó.

Reí.

—Y te dejaría hacerlo, siempre y cuando me permitas hacer lo mismo con el tuyo.

Solo que ambos sabíamos que eso nunca sería una opción.

Hizo una pausa.

—¿Más? —preguntó.

—Por favor.

Me tomó de nuevo en su boca y me estremecí, y luego comenzó a balancear la cabeza mientras succionaba. Dejé descansar mi mano sobre él y supe que había ido demasiado lejos cuando le dio una arcada.

Alcé su rostro con la punta de mis dedos.

—No tienes que llevarla tan lejos.

Él me miró detenidamente, con los ojos tan húmedos como sus labios y sus mejillas sonrosadas.

—Pero... Quiero hacerlo. Quiero que pierdas

el sentido, de la misma forma que me hiciste perder el sentido a mí.

Mi respiración se cortó.

—Ya hiciste eso con tu primer beso.

Se irguió y nos besamos de nuevo.

A lo mejor, había llegado el momento de profundizar aún más nuestra conexión.

Cubrí su mejilla.

—Has preparado mi polla. Es hora de que haga lo mismo con tu culo.

—Pero aún no quiero parar —protestó.

—Y no tienes por qué hacerlo —contesté. Me recoloqué en la cama hasta que estuve completamente tendido sobre ella—. Si te sientas a horcajadas sobre mi cabeza, mirando hacia mis pies, aún puedes chupármela, pero tu culo estará justo donde quiero que esté.

Intentó contener la risa.

—Eso parece complicado. Puede que necesite que me hagas un croquis. —Reí. Luego, se giró y se arrastró sobre el colchón hasta que estuvo arrodillado sobre mí—. ¿Así?

—Justo así. A lo mejor, podrías abrir más las piernas.

Se inclinó hacia delante y su mano volvió a envolver mi pene.

—¿Así?

Me estremecí al sentir su cálida y húmeda boca sobre mi erección.

—Perfecto —dije acariciando ese firme culo—. Ahora, el truco está en no parar de succionar.

Se giró para mirarme.

—¿Por qué iba a parar?

Intenté contener la risa.

—Bueno, vas a estar un poquito distraído. —Abrí sus cachetes para revelar el prieto orificio y lamí un camino hasta él.

Se estremeció.

—¿Un *poquito* distraído? —murmuró—. ¿Esto es algo que hacen los hombres?

—¿Nunca has visto una película porno? —pregunté—. ¿Sabes siquiera lo que es eso?

—Por supuesto que lo sé —se defendió—. Y no, nunca he visto una.

—¿Por qué no? —dije mientras frotaba mi pulgar contra su orificio.

Se estremeció de nuevo.

—Pensé que si empezaba a verlas, no podría parar. En caso de que no te hayas dado cuenta, tengo una personalidad un tanto obsesiva. Me vuelco en todo lo que hago y doy el cien por cien de mí. Lo último que querría es perder todo mi tiempo pegado a una pantalla viendo cómo otros hombres disfrutan de lo que yo no puedo.

Sabía que tenía razón. Habría supuesto una tortura.

—Eres un hombre muy sabio —admití—. Y además, ahora no necesitas ver porno. Me tienes a mí. —Sonreí—. ¿De verdad quieres que sigamos discutiendo esto o preferirías saltarte la lección e ir directamente a la práctica? —Santa rio y al instante siguiente succionó bruscamente mi pene—. Dios, eso se te da muy bien. —Me llevó hasta la garganta y gimió en torno a mi polla electrificando todo mi cuerpo.

Tanto talento requería una recompensa adecuada.

Abrí de nuevo sus cachetes y enterré mi rostro entre ellos, dejando que me inundara su almizclado aroma.

Qué imagen tan bella.

—Vaya. Santa tiene un culo peludo —sonreí.

Froté el canto de mi mano contra su orificio y volvió a estremecerse.

Se giró.

—¿Necesito afeitarme? —preguntó.

—¿Te acuerdas de lo que me dijiste cuando sugerí que quería teñirme la barba? Porque voy a citarte. —Le fulminé con la mirada—. Ni te atrevas.

—De acuerdo —sonrió. Luego volvió a su tarea hasta que fui *yo* el que se distrajo.

Seguí dilatando su orificio, explorándolo con mi lengua.

—A-Anthony. —Se estremeció.

Paré.

—¿No te gusta?

—Gustar se queda demasiado corto.

Sonreí.

—Entonces es que estoy haciendo algo bien. —Presioné mi lengua contra su orificio y sentí cómo se abría a cada pequeño gemido que se escapaba de sus labios. No pasó demasiado tiempo antes de que mi mandíbula empezara a doler. Sus temblores eran constantes y ya no podía mantenerse quieto.

Estaba preparado para mis dedos.

Me chupé el índice, humedeciéndolo tanto como pude, y lo deslicé en su interior.

—Vaya, eso es tan increíble como el año pasado —murmuró él.

Reí.

—Este año vamos a dar un paso más. —Me lo follé con el dedo hasta que empezó a balancearse sobre él, exigiendo más.

—Anthony... Hazlo —suplicó.

—Hacer ¿qué? —pregunté inocentemente. Luego, doblé mi dedo sobre su próstata y los temblores sacudieron en su cuerpo—. ¿Te referías a esto? —Lo repetí de nuevo antes de añadir un segundo dedo, dilatándole aún más mientras seguía succionando mi polla—. Necesito estar dentro de ti —murmuré y sentí su cuerpo tensándose en torno a mí.

Al instante siguiente, había cambiado de posición para colocarse a mi lado, de rodillas, con su gruesa y larga erección curvándose hacia el techo.

—¿Cómo me quieres? —preguntó.

—Cabalgarme será más sencillo para ti. —Miré a mi alrededor—. Una vez tenga el lubricante, claro está. —La botella apareció en mi mano izquierda y sonreí. Exprimí un poco de su contenido sobre la palma de mi mano, humedecí mi miembro y lo sostuve para él—. De acuerdo. Te vas a sentar en él. No me moveré hasta que no me digas que lo haga.

Se sentó a horcajadas sobre mis caderas y guie mi pene hacia su orificio. Él lo cogió y tomó las riendas, moviéndose ligeramente, con la respiración entrecortada, hasta que, al fin, el capullo estuvo en su interior.

Inclinó la cabeza y apoyó las manos sobre

mi pecho.

—Oh... Señor. —Cuando alzó el rostro de nuevo, la expresión de esos relucientes ojos casi paró mi corazón—. Al fin —murmuró—. He esperado demasiado para esto.

—Lo sé —sonreí—. Has esperado siglos —dije esforzándome por mantenerme quieto.

Se inclinó hacia delante hasta que nuestras caderas casi se rozaron.

—No, no lo entiendes —susurró—. He esperado tanto porque quería compartir esto... contigo. —Y luego, me besó. Sin prisas, uniendo tiernamente nuestros labios y prolongándolo en el tiempo—. No creo que pueda quedarme quieto mucho más tiempo —admitió. Su tripa se contrajo y la acaricié perezosamente mientras me aferraba a su cadera con la otra mano. Luego, presionó, empalándose lentamente en mi miembro, tomándose su tiempo, hasta que, al fin, estuve completamente en su interior—. Me siento... lleno.

Sostuve su mirada.

—Respira, encanto.

Sus pupilas se habían dilatado y su pecho subía y bajaba sin control. El éxtasis que había en su mirada hizo que se acelerara mi corazón.

—Y ahora,... —murmuró— Sé... lo que se siente... al estar vivo. —Se inclinó de nuevo para besarme y alcé mis caderas para evitar romper nuestra conexión. Acaricié su barba, su mejilla y nuestros alientos se fusionaron mientras nos besábamos. Era consciente de cada pequeño movimiento de su cálido cuerpo. Se apartó y me miró a los ojos—. Me alegro mucho de haber esperado.

—¿Para qué?

Me besó.

—Para hacer esto contigo y no con un juguete. Porque esta tiene que ser la sensación más increíble del mundo. —Luego, chasqueó los dedos y un espejo cubrió la pared que había al lado de la cama. Se ruborizó—. Quiero vernos. —Colocó las manos sobre mi pecho y balanceó las caderas con la mirada absorta en nuestro reflejo.

—Se nos ve bien, ¿eh? —comenté.

Asintió.

—También nos sentimos bien. —Me miró—. Haz que dure.

—Si pudiese, haría que durase hasta el amanecer. —Reí—. O al menos, hasta que acabe la música.

Su respiración se aceleró de nuevo.

—Entonces, hazme el amor hasta que acabe la música.

El tiempo se detuvo mientras nuestros cuerpos se balanceaban al unísono, atrapados en un sensual ritmo marcado por la música que nos envolvía y nos empujaba hacia el destino que ambos nos esforzábamos por conseguir al tiempo que intentábamos retrasarlo. Y en algún lugar, en mitad de esa asombrosa conexión, me di cuenta de algo.

Le quería.

Amaba a ese hombre. Su cuerpo, su corazón y su alma.

Acaricié sus labios, gimiendo cuando se balanceó sobre mí y sentí mi miembro deslizándose dentro y fuera de su cuerpo. Apenas dejamos pasar un segundo antes de besarnos de nuevo. Sostuve su mirada mientras me cabalgaba, cogiendo velocidad, multiplicando sus gemidos.

—No quiero que acabe —murmuró casi sin aliento mientras movía las caderas y arqueaba la espalda.

—Tiene que hacerlo, para que el próximo sea mejor que este. —Mi voz reverberó en su dormitorio.

—¿Me lo prometes? —susurró.

Alcé el índice para trazar una cruz sobre mi pecho.

—Te lo prometo.

Y se corrió, estremeciéndose entre mis brazos, agitándose a cada sacudida de su orgasmo. Le sostuve contra mi pecho y le besé murmurando que nunca le dejaría marchar de mi lado, aún sabiendo que tendría que hacerlo cuando el amanecer comenzara en mi propio mundo.

—Me toca —dije y le besé en la frente.

Él asintió. Se irguió, sentándose sobre mi pene que aún estaba enterrado en su cuerpo. Le embestí una, dos, tres veces antes de que mi miembro se agitara en su interior, llenándolo por completo.

Sus ojos se abrieron de par en par.

—Anthony... Puedo sentirte.

No podía hablar. Mi garganta se había cerrado ante la imagen que tenía ante mí. Su pecho estaba reluciente de sudor y todo su cuerpo vibraba. Alargue el brazo y él se derrumbó sobre mí y nuestros labios se fusionaron en un largo y apasionado beso.

Le sostuve sintiendo mi respiración fuerte y errática.

«Te quiero».

No se lo iba a decir. Vivíamos en diferentes mundos que solo se superponían una vez al año. Decirle lo que sentía solo nos haría miserables a ambos.

Nos tendimos de espaldas sobre la cama, con el sudor secándose sobre nuestra piel y mi corazón comenzó a recuperar su ritmo habitual. Apoyó la cabeza sobre mi pecho.

—Estoy escuchando tu corazón —murmuró—. ¿Es raro que quiera grabarlo?

Reí.

—Muy raro.

Se alzó, apoyándose sobre un codo.

—Me refería a que así, podría escucharlo por las noches. Puede que de esa forma consiga dormir mejor.

Le miré detenidamente.

—¿Has tenido problemas para dormir?

—A veces. Por lo general, mi problema es seguir dormido. Me levanto, está oscuro, alargo el brazo para tocarte, y...

Conocía demasiado bien ese escenario.

—Entonces, encontremos alguna forma de grabarlo. Siempre y cuando yo también pueda hacer lo mismo.

Sonrió.

—Me gusta eso. —Agitó la nariz.

—Sí, creo que necesitamos una ducha —dije.

—Aún no —dijo él. De la nada, apareció una cámara Polaroid—. Siempre he querido hacer esto —sonrió. Se tendió una vez más a mi lado, la sostuvo en lo alto y tomó unas cuantas fotos de nosotros envueltos entre las sábanas y abrazados. Paró a la décima, las dejó sobre la mesilla de noche y, con un parpadeo, hizo desaparecer la cámara—. ¿Crees que eso será suficiente para recordar esta noche?

Le besé.

—¿Qué te hace pensar que podría olvidarla? Estará grabada en mi memoria para siempre.

La noche en que descubrí que estaba enamorado de Santa.

También había sido la primera vez que me había admitido la verdad a mí mismo.

Una noche al año nunca iba a ser suficiente.

—Sé que *yo* no la voy a olvidar nunca —dijo él y suspiró—. Deberíamos cenar.

—Y ¿después?

Sonrió.

—Podríamos volver aquí hasta que sea hora de irse. —Acarició mi rostro—. Pondré la alarma, solo por si nos quedamos dormidos.

Dormir con él entre mis brazos parecía el paraíso.

—Entonces, hagámoslo.

Los años que habían pasado desde que Kris

me había roto el corazón, me habían dado el tiempo suficiente como para sanarlo; tanto, que ya había olvidado cuánto podía doler el amor.

Porque amaba a Santa, y mi corazón se estaba rompiendo de nuevo al saber que no podría aferrarme a él.

Cuando tenía cincuenta

2017

La cena había terminado y estábamos en el salón. Estaba mirando los cuadros, pero mi mente estaba en otra parte —o, más específicamente, en unas horas antes.

Según había puesto un pie en su casa, la noche se había convertido en una reposición de la Nochebuena anterior. Apenas cruzamos el umbral de la puerta, Santa ya estaba tirando de mí hacia su dormitorio. Y le dejé guiar, por supuesto, deshaciéndome de mi ropa antes de alcanzar la cama.

—Te he echado de menos —dijo cuando caímos sobre el colchón.

Mis labios estaban en su rostro, su cuello, su pecho...

—No hables. Bésame —había contestado yo. Teníamos que recuperar todo un año.

«Y luego, tendremos que esperar otro año entero. Y otro. Y otro».

¿Era esto en lo que se había convertido mi futuro? ¿Una interminable sucesión de años esperando a estar con él salpicados por breves instantes robados de alegría?

—¿En qué estás pensando? —preguntó.

Casi salté en el sitio. Santa estaba a mi

lado, ofreciéndome una copa de champán.

—¿Es una ocasión especial? —pregunté mientras la aceptaba.

—Cada minuto que puedo pasar contigo es una ocasión especial. —Sus palabras no eran broma, ni un velado intento de seducción, aunque la forma en la que sostuvo mi mirada me dijo que la cama vería más acción antes de que terminara la noche—. Solo quería desearte feliz cumpleaños, con un poco de retraso —sonrió y brindamos—. Espero que lo pasaras bien.

—Lo hice —admití—. Ben vino de visita con su familia una semana antes de que fueran a Disney World.—Ben y Layla habían prometido ese viaje a sus gemelos desde que los niños fueron lo suficientemente mayores como para preguntar si podían ir allí.

Solo habría habido una cosa que hubiese hecho de ese cumpleaños el día perfecto y estaba ahora mismo a mi lado.

«Más vale tarde que nunca, ¿no?».

—Ahora, dime en qué estás pensando —insistió Santa—. Parece que tu mente está muy lejos de aquí.

Di un sorbo a mi champán.

—Estaba estudiando tus cuadros. —La pared que había frente a mí estaba inundada de ellos—. Estos son realmente buenos —comenté. Era fácil advertir las diferencias entre sus primeras obras y sus trabajos más recientes. Aunque ninguna de ellas estaban fechadas, tampoco lo necesitaban. En las últimas, las pinceladas eran más refinadas y el uso del color más sofisticado.

—Gracias —sonrió—. Como ya te dije, llevo mucho tiempo trabajando en ello.

Había capturado el paisaje que rodeaban su casa a la perfección. Eran asombrosas panorámicas de las montañas con sus picos cubiertos de nieve, las verdes colinas y el turquesa del océano...

—¿Cuántos de estos paisajes has explorado? —pregunté.

—No tantos como me gustaría —admitió él.

—¿Por qué no?

Suspiró.

—Es difícil de explicar, pero... Cuando estoy ahí fuera, atravesando las montañas o navegando el océano, todo parece... Parece demasiado grande para mí solo.

—Y ¿qué te parecería si lo exploráramos juntos? —propuse.

Su respiración se cortó.

—Eso me encantaría.

—Entonces, eso haremos —decidí.

Calló por un momento y luego se aclaró la garganta.

—De hecho... Tenía la intención de preguntarte algo.

Cuando se quedó en silencio de nuevo, le miré.

—¿Y bien? Pregúntame lo que quieras. No tengo secretos contigo.

Solo que eso no era completamente cierto, ¿verdad? Tenía un secreto enorme, uno que no tenía intención de revelar nunca.

—¿Te acuerdas del año pasado? Cuando

estábamos hablando de mis cuadros y tú me preguntaste...

«Vaya. Ahora lo recuerdo».

—Te pregunté si te importaría pintarme.

—Es solo que... Nunca he tenido a nadie que se sentara para mí. —Intentó contener la sonrisa— Bueno, nunca he tenido a nadie aquí, aparte de ti.

Incliné la cabeza a un lado.

—¿Estás seguro de esto? Quiero decir, no sé cómo de rápido eres pintando, pero incluso aunque trabajaras como el rayo, no creo que vayas a ser capaz de terminarlo antes de...

«Antes de que necesite irme de aquí».

Su rostro se iluminó.

—Sí, estoy seguro. Por favor, dime que lo harás. —Escudriñó mi expresión—. A menos que creas que tenerte ahí sentado mientras capturo tu imagen en un lienzo sea una forma estúpida de perder el poco tiempo que tenemos.

Reí.

—Si no lo hacemos, terminaremos el resto de la noche en la cama. No es que haya nada de malo en ello, pero dado que ya nos hemos puesto un poco al día... —Me acerqué a él hasta que nuestros cuerpos se rozaron—. Además, tenías razón. Necesitamos crear nuevos recuerdos. —Le besé y me aparté de nuevo—. Así que, ¿cómo me quieres?

—¿De verdad tengo que responder a eso? —dijo conteniendo la risa.

Y se hizo la luz en mi mente.

—Vaya, ya veo. Va a ser un desnudo,

¿verdad?

—¿Te importaría? Nunca he hecho uno antes y sería la única persona que lo vería en la vida.

Por supuesto que no me importaba.

—No, está bien, pero tengo una condición.

Se heló.

—¿Si?

—Si voy a tener que estar desnudo, entonces, tú también —sonreí ampliamente.

—¿Quieres que te pinte desnudo... estando desnudo? —preguntó arqueando las cejas.

Asentí.

Él se encogió de hombros.

—Bueno, será una nueva experiencia.

—Piensa en ello como una oportunidad de poner tu pincel en sitios... poco habituales —sugerí. Estaba pensando más en la línea de todo lo que podríamos hacer cuando decidiera que necesitaba un descanso. Mi pene comenzó a llenarse solo de pensar en ello.

Bueno, podía intentar sacar algún beneficio de todo esto, ¿no?

—En ese caso, yo también tengo una condición —dijo él y sus ojos relucieron con malicia.

De repente, tenía un mal presentimiento.

—De acuerdo —dije cautelosamente.

Su rostro se iluminó.

—Te pintaré, pero no voy a tocarte.

«Pero qué coj—».

—Y ¿por qué no querrías hacerlo? Indudablemente, ese tiene que ser el objetivo fundamental de hacer de modelo para un artista. ¿Tontear con el pintor mientras crea su arte? ¿Acaso no es esa una antigua y respetable tradición?

Él rio.

—Podría serlo, por supuesto. En tu mundo. Pero ¿aquí? ¿Esta noche? No. Nada de tocar... No, hasta que termine de pintar.

Emití un sordo gemido.

—Por favor, dime que eres rápido.

—Señor, no —rio él—. Soy notoriamente lento. Después de todo, el tiempo se detiene en este mundo, así que puedo tardar tanto como quiera.

Estaba empezando a arrepentirme de haber aceptado este trato, pero no iba a echarme atrás ahora.

—De acuerdo, ¿tienes un estudio para pintar o lo vamos a hacer aquí mismo? —Me había imaginado a mí mismo posando sobre la alfombra que había frente a la chimenea. Al menos, ahí estaría calentito.

Se frotó la barbuda barbilla.

—Iba a pedirte que posaras en mi cama. De esa forma, cuando no estemos juntos, podría recordarte ahí.

Me gustó esa idea. Realmente me gustó esa idea. Era incluso mejor que las Polaroids que habíamos tomado el año pasado y que aún estaban clavadas sobre la cabecera de mi cama. Las miraba cada noche antes de apagar la luz al acostarme.

—La cama, entonces —asentí.

Fuimos a su dormitorio y empecé a desvestirme. Él desapareció por un momento y volvió con sus pinturas, un caballete y un lienzo en blanco.

Estudié el lienzo.

—Un poco más grande y sería una pintura a tamaño real.

Rio.

—Necesito que sea grande. —Me miró burlón—. Quiero asegurarme de tener suficiente espacio para tu pene.

Estallé en una carcajada.

—En mis sueños, pero eres bueno para mi autoestima —sonreí—. Así que,... —Abrí los brazos de par en par—. ¿Cómo me quieres? —Mi pene se agitó en un intento por llamar mi atención y lo miré—. Tú puedes volver a dormir. No va a jugar contigo.

—Túmbate en la cama —ordenó. Me encaramé al colchón—. Tiéndete sobre tu espalda. Así. Dobla una rodilla y pon el pie sobre el colchón. Abre más las piernas. —Seguí sus instrucciones, consciente de que mi pene estaba alzándose en el aire. Él rio de nuevo—. Me acabo de dar cuenta de que puede que necesite más pintura del color de tu piel. —Inclinó la cabeza a un lado—. ¿Tienes frío? —Le aseguré que no—. Entonces, empecemos.

Tosí.

—¿No te estás olvidando de algo?

Me miró un momento sin comprender y luego sus ojos se abrieron de par en par.

—Vaya. —Empezó a desvestirse, tomándose su tiempo.

—Se me acaba de ocurrir que podrías quitarte la ropa con un chasqueo de dedos —

observé.

Él sonrió ampliamente.

—Pero ¿qué habría de divertido en ello?

Miré su pene, que ahora apuntaba hacia mí.

—Al menos, tienes algo donde poder colgar el trapo —comenté—. O podrías hacer equilibrios con el pincel, en caso de que te sintieras inclinado a ello.

—Estoy desnudo porque me lo has pedido, ¿de acuerdo? —se defendió—. Y ahora, voy a olvidar ese dato y voy a concentrarme en pintarte. —Su mirada deambuló hasta mi entrepierna y sus labios se alzaron levemente en una sonrisa—. Y te sugiero que hagas lo mismo.

—Oye, no me culpes a mí, él tiene mente propia.

Santa alzó las cejas.

—*Él* tiene mente propia, ¿eh?

Le miré con toda la honestidad que pude.

—¿Me estás diciendo que tú no te refieres a tu polla como "Él"? —sonreí ampliamente—. Apuesto a que lo haces. Apuesto a que incluso la has puesto nombre. —Luego resoplé—. Y sé cuál es.

—No le he puesto nombre a mi pene —protestó.

Agité la mano en el aire.

—Oh, venga ya, puedes admitirlo. Estamos los dos solos aquí. —Le dediqué una confiada sonrisa—. Es Rudolph, ¿verdad?

Su boca se abrió y se cerró y un rubor apareció en sus mejillas.

—De acuerdo, hora de pintar —dijo en un

murmullo.

Tardé cinco minutos en poder parar de reír.

Nos sumergimos en la actividad y, asombrosamente, olvidé que estábamos desnudos. Mientras esbozaba y pintaba, hablamos, y tengo que admitir que nunca había estado tan relajado en presencia de otra persona, como si al deshacernos de las ropas, también nos hubiésemos deshecho de todas las preocupaciones de nuestras respectivas vidas. Parecía que nos conociésemos de siempre, cuando en realidad, el tiempo que habíamos compartido juntos sumaría un total de poco más cinco semanas.

«Pero hemos derramado muchas cosas de nosotros mismos en cada uno de esos encuentros. No me extraña que parezcan años».

Y sin embargo, a pesar de la charla y de lo cómodo que me encontraba, durante todo ese tiempo no pude evitar ser dolorosamente consciente de que las horas seguían transcurriendo en mi propio mundo y que llegaría el momento en que tendría que irme.

No quería irme.

Pero no podía pensar así. No podía dejar que el reconocimiento de mi frágil existencia humana se entrometiera en esa burbuja que habíamos creado, estropeando el poco tiempo que podía pasar con él.

Tenía cincuenta años, por el amor de Dios. ¿Quién sabe cuántos encuentros más tendríamos garantizados?

Alcé la vista y miré ese rostro al que tanto

cariño había cogido. El rostro del hombre que amaba.

—¿Puedo preguntarte algo? —dije.

Paró en mitad de una pincelada.

—Puedes preguntarme lo que quieras.

—Sé que me dijiste que siempre habías tenido ese aspecto, que fuiste creado a esa edad. Pero eso debe haber sido hace mucho, mucho tiempo. ¿Te sientes... —No sabía cómo terminar la pregunta.

Bajó el pincel.

—¿Me estás preguntando si me siento anciano? —preguntó. Asentí. Él se alejó del lienzo, se acercó a la cama y se sentó—. Sí, siempre he tenido este aspecto, pero no me siento mayor. Llevar felicidad a tanta gente... —Su rostro se iluminó—. Es como un lingotazo de energía. Me hace sentir vivo. Pero sí, he visto a muchos hombres con mi aspecto que parecen afectados por dolores, achaques y... Pero a mí no me pasa. El único dolor que siento es aquí —dijo poniendo la mano sobre su corazón—. Y ese dolor se alivia a cada segundo que paso contigo.

La sinceridad era evidente en su voz.

Me esforcé por encontrar las palabras que pudieran encapsular todas mis emociones.

—Esa es, probablemente, la cosa más dulce que me has dicho en tu vida. —Más aún porque sabía que era un eco de mis propias emociones.

Sonrió.

—Yo tampoco tengo secretos contigo. No creo que me vaya a beneficiar en nada el esconder cómo me siento. —Hizo una pausa—. Y hablando de emociones... —Se levantó de la cama y se acercó al caballete hasta que el enorme lienzo ocultó su cuerpo—. Parecía un gran tipo —comentó.

Fruncí el ceño.

—¿Quién? —El cambio tan brusco de tema fue como un jarro de agua helada.

—El hombre con el que hablaste en la cafetería —dijo él—. Debió de ser hace... No sé... ¿Tres meses?

Rebusqué en mi memoria. «¿Cafetería?». Luego, recordé.

—Espera un segundo. ¿El tipo alto, con una mullida barba gris y coderas de cuero en su chaqueta?

—Sí, ese. Parecía muy interesado en ti.

—Oh, y lo está —contesté intentando no reír—. Siempre pregunta por mí. De hecho, haría cualquier cosa para hacerme feliz.

—Ya veo —murmuró.

No podía burlarme de él un segundo más.

—Sal de ahí y acércate, por favor. Necesitamos aclarar algo. —Cuando no se movió, suspiré—. Sé que ahora no estás pintando.

—Y ¿cómo sabes eso?

—Porque no estoy posando, para empezar. Y ahora, ven aquí. Por favor. —Santa emergió de detrás del lienzo y se acercó lentamente a mí. Di un golpecito sobre el colchón y cuando se sentó a mi lado, pasé un brazo alrededor de su cuerpo—. ¿Qué te dije hace dos nochebuenas? Y no me digas que no te acuerdas porque ambos sabemos que es mentira.

—¿Te refieres a eso de que... solo hay un hombre para ti?

Asentí.

—¿Y quién es ese hombre?

Suspiró.

—Yo.

—Tú —dije con firmeza—. Y también te dije que no haría lo que hemos estado... *haciendo* con nadie más. Bueno, pues eso es doblemente cierto si hablamos de Rex, mi jefe. —Le observé mientras asimilaba la información.

—El tipo de las coderas de cuero... ¿Es tu jefe?

Asentí de nuevo.

—Y aunque estoy convencido de que es un tipo encantador, también es tan heterosexual como pueda serlo nadie, está felizmente casado y no engañaría a Lucy ni bajo amenaza de tortura. —Cogí su barbilla y alcé su rostro para mirarle a los ojos—. No tienes motivos para estar celoso. Solo estás tú. Siempre serás tú. Solo tú. ¿Está claro?

Era lo más cerca que había estado de confesarle que le amaba.

—De acuerdo. —Se estremeció y suspiró—. Lo siento. Estaba allí de casualidad, comprobando unas cosas y le vi ahí y—.

—Para el carro. Retrocede un segundo. —Me incliné hacia atrás sosteniendo el peso de mi cuerpo con mis brazos—. Una vez me dijiste que habías *sentido* que me había pasado algo malo. Verme tomando café con mi jefe es algo muchísimo más concreto que una mera sensación. Suena a que nos has visto. Así que,... ¿cómo funciona eso?

Tragó.

—*Puede* que tenga un secreto que aún no te he contado, pero está conectado con cómo hago lo que hago, ¿vale? Y te lo diré, solo que... Hoy no.

—¿Porque nos estamos quedando sin tiempo? —resumí.

Asintió y luego señaló hacia el lienzo.

—Y ahora, ¿te gustaría ver lo lejos que he llegado?

Lo pillé. Hora de cambiar de tema.

—¿Está terminado? —pregunté.

—No, no lo está —admitió él—. Tendremos que seguir el año que viene.

El dolor atravesó mi corazón de nuevo.

—Entonces, enséñamelo —dije incorporándome para sentarme al borde de la cama. Santa se acercó al caballete y lo giró. Incluso en la fase inicial pude ver que iba a ser impresionante. Solo había marcado la silueta de mi cuerpo, concentrando todos sus esfuerzos en mi rostro. Lo que más me sorprendió fue la melancólica expresión que había capturado. Sabía exactamente lo que había estado pasando por mi mente en ese momento. Había estado pensando en otro año sin verle. Y si *yo* estaba pensando en eso, él también tenía que estar haciéndolo. Luego, me di cuenta de lo que venía después—. ¿Me lo estás enseñando porque es hora de que me vaya?

«No. Aún no. Un poco más de tiempo, por

favor».

No tenía ni idea de a quién estaba rogando o de si realmente había alguien que pudiera oírme.

Santa limpió el pincel con un paño.

—Sí. —Se encontró con mi mirada—. ¿Soy yo, o estos momentos que pasamos juntos cada vez se hacen más cortos?

—Uno de las artimañas del tiempo —contesté.

Su mirada se apagó.

—Lo único que sé es que odio tener que llevarte de vuelta.

—¿Me tengo que ir justo ahora?

—¿Por qué? —Me miró inquisitivo—. ¿Hay algo que quieras hacer antes?

Asentí acariciándome lentamente la polla.

—¿Tenemos tiempo para hacer el amor una vez más?

Se acercó a mí y se encaramó a la cama.

—Siempre hay tiempo para eso —sonrió. La botella de lubricante apareció de la nada. Santa se tendió sobre su espalda y alzó las rodillas hasta el pecho. Sonreí. Era su posición favorita. Exprimí el lubricante sobre la palma de mi mano y humedecí mi pene antes de frotar su orificio con mis dedos—. No ha pasado tanto tiempo desde la última vez que estuviste dentro de mí —dijo él abriendo los brazos para mí.

Me arrastré por el colchón hasta acomodarme entre sus piernas y guie mi pene hasta su orificio. Cubrí su cuerpo con el mío mientras le penetraba en un único lento movimiento hasta que estuve completamente aprisionado en su interior y me aferré a él acomodando sus piernas sobre mis hombros.

Adoraba la forma en la que encajaban nuestros cuerpos, la forma en la que nos balanceábamos juntos, moviéndonos al unísono.

Adoraba la expresión de felicidad en su rostro y el resplandor que parecía emanar de su piel.

Adoraba los momentos en los que me cabalgaba, sus caderas moviéndose fluidamente sobre mi cuerpo y su torso contrayéndose de placer.

Adoraba los suaves gemidos que se escapaban de sus labios cuando se acercaba al orgasmo y los gritos ahogados que reverberaban en el dormitorio cuando acariciaba sus pezones, sabiendo el placer que le provocaba.

Solo que esta vez, sabíamos que no podía durar mucho.

No quería que acabara.

Me estremecí y su cuerpo se tensó bajo el mío cuando estalló y disparó sobre mi pecho. Fui consciente de cada espasmo de su orgasmo. Y cuando hubo acabado, nos besamos, como siempre hacíamos, mientras me balanceaba sobre él, buscando mi propio clímax, hasta que estalló.

Nos abrazamos. No podía hablar. Tenía miedo a hacerlo. Porque si abría la boca, lo único que se derramaría de ella serían palabras de amor, y no podía hacerle eso.

¿Cómo me sentiría en su lugar? ¿Cómo me sentiría si tuviese que devolver a mi amante a su propio mundo justo inmediatamente después de que me hubiera confesado su amor?

Sabía exactamente cómo. Sentiría que lo estaba abandonando.

Era mejor para él no saberlo.

Besó mi frente, un íntimo gesto que siempre reconfortaba a mi corazón.

—Nos tenemos que ir —susurró.

Asentí sin palabras.

Cuando tenía cincuenta y uno

2018

Cerré la puerta de golpe y los labios de Santa reclamaron los míos al instante.

—Uno de estos días —dije entrecortadamente mientras le quitaba la capa— entraremos aquí y *no* estaremos desnudos en un nanosegundo. Podríamos, ya sabes, tener una conversación.

Se heló.

—¿Quieres hablar?

Hice un gesto de desesperación.

—Joder, no.

—Gracias a Dios —suspiró. Me cogió de la mano y me arrastró hasta su dormitorio.

—Solo lo estaba dejando caer como alternativa.

—Tomo nota.

—Quiero decir, llegará un día en que seré demasiado viejo para todo este ejercicio.

Paró en seco a los pies de la cama y sus ojos se abrieron de par en par.

—No crees que eso vaya a pasar pronto, ¿verdad?

—No, siempre y cuando me siga tomando las vitaminas —sonreí.

—Ahora ya sé lo que regalarte el año que

viene —dijo él sonriendo de par en par.

—Yo tengo tu regalo *aquí* mismo.

Eso me granjeó otra sonrisa.

—Espero que sea el mismo que el del año pasado.

—Dado lo mucho que te gustó, no quería decepcionarte.

—Nunca podrías hacer eso —dijo envolviéndome entre sus brazos.

Y solo con eso, la juguetona charla dio paso a un ferviente beso y nos hundimos en la cama.

A veces, hablar está sobrevalorado; los cuerpos pueden hablar más alto que las palabras, aunque los corazones pueden superarlos a los dos.

—Deberíamos comer —dijo.

—Mm-mmm —contesté.

—No, en serio, deberíamos comer algo.

—Mm-mmm.

—Al menos, deberíamos vestirnos —sugirió.

Deslicé mi mano sobre su estómago y su pene se alzó para encontrarla.

—Rudolph tiene otras ideas —sonreí.

Gruñó.

—Por última vez, *no* llamo a mi pene Rudolph.

—Eso dices —reí. Me giré sobre él y le

inmovilicé contra el colchón—. Te tengo. Eres todo mío.

—Ya era tuyo antes —resopló.

Esas palabras me enternecieron.

Le besé en los labios.

—Creo que tienes un secreto que contar —susurré.

—¿Qué secreto? —preguntó con fingida inocencia.

—El año pasado... Ibas a contarme cómo te las arreglaste para verme tomando un café con mi jefe, ¿recuerdas?

Suspiró.

—Todo tiene que ver con cómo encuentro los regalos para la gente. Los regalos *adecuados*.

—Me he estado haciendo esa misma pregunta desde que nos conocimos —admití. Me senté a horcajadas sobre su cintura—. Ya has mencionado el taller, pero todos esos regalos que llevas a la gente... ¿los haces realmente tú? Quiero decir, ¿no te limitas a buscarlos online y luego, ellos se encargan de entregártelos?

—Es más complicado que eso, pero sí, tengo un taller y es ahí donde almaceno todos los regalos que voy preparando, esperando para ser repartidos en Nochebuena.

—Ese sí que tiene que ser un buen taller —comenté arqueando las cejas.

—Quieres verlo, ¿verdad? —sonrió.

—¿Acaso cabía alguna duda? —dije. Luego, advertí la presencia de su pene chocando contra mi culo. Su rígido pene. Le miré solemnemente—. Buen intento, pero ese tipo de distracción no va a funcionar.

—En ese caso... —sonrió y sus ojos resplandecieron—. Ponte algo de ropa.

—Aguafiestas —murmuré mientras bajaba de la cama y alcanzaba mis vaqueros. Le observé mientras caminaba desnudo hasta su armario—. ¿Qué jersey navideño va a ser este año? —pregunté—. Y ¿alguna vez te he dicho que tienes el culo de un hombre mucho más joven? —Era firme y redondo, el tipo de culo sobre el que podrías hacer rebotar una moneda.

—Por el amor de Dios, no lo digas en voz alta... Puede que me lo quiten. —Emergió del armario vestido con unos vaqueros, un jersey rojo y unos gruesos calcetines adornados con un reno, nariz roja incluida.

Tenía un aspecto adorable.

—¿Sabes? Definitivamente, el rojo es tu color —comenté—. Deberías llevarlo más a menudo.

—Tendré que recordar eso. —Agitó el índice en el aire—. Sígueme.

Me guio a través de la casa, que ya estaba empezando a resultarme familiar. Cuando llegamos a una puerta pintada de un intenso rojo, la abrió, revelando un tramo descendente de escaleras.

—¿Está bajo la casa? —pregunté asombrado.

—En cierta forma —dijo encogiéndose de hombros. Le seguí y bajamos. Al pie de las escaleras había otra puerta. La abrió y entré a—.

«Virgen Santa».

Si en su momento pensé que su oficina era enorme, ahora supe que no era nada comparada con su taller. El espacio era inmenso y parecía extenderse a kilómetros a la redonda. Había bancos de trabajo hasta donde alcanzaba la vista y todos ellos estaban vacíos.

«Por supuesto que lo están. Acaba de entregar todo».

—¿Cuándo empezarás a prepararte para el próximo año? —pregunté.

—Tan pronto como terminen las navidades y empiece año nuevo, empezaré a prepararme. Aunque algunos regalos son un poco más intangibles que otros.

—¿A qué te refieres?

Se inclinó contra uno de los bancos.

—Te pondré un ejemplo. Los refugios para personas sin hogar. ¿Tienes que haber oído hablar de ellos? —Asentí—. Bueno, una de las cosas que hago es asegurarme de que tienen todo lo que necesitan para proveer de refugio y comida a aquellos que no tienen otro lugar adonde ir. Sin importar si es algo que yo proveo por mí mismo o incito a otros a que lo hagan por mí.

—¿Puedes *incitar* a gente? ¿Es eso parte de tu magia?

Sonrió abiertamente.

—¿Cómo crees si no que conseguí que el servicio postal estadounidense entregara mis regalos?

—Bien visto.

—Me gusta pensar que parte de mi trabajo es *ayudar* a la gente a ayudar a sus congéneres. —Su sonrisa se desvaneció—. A veces parece una tarea imposible. Hay personas realmente codiciosas y egoístas en tu mundo. —Luego, la luz volvió a iluminar sus ojos—. Pero afortunadamente, son muchos más aquellos dispuestos a ofrecer su tiempo y ayudar a aligerar un poco la carga de los demás. —Se encogió de hombros—. Y a veces, lo único que necesitan para ello es un... empujoncito.

—Y ¿eres tú el que les empuja? —pregunté arqueando las cejas.

—Sí. —Inclinó la cabeza a un lado—. ¿Te acuerdas de cuando tenías dieciséis años y no sabías qué regalar a Ben para navidad? Pensaste en eso durante mucho tiempo porque eres una buena persona y querías regalarle algo que le hiciera realmente feliz.

Recordaba esas navidades. Se me habían agotado todas las ideas porque ¿qué coño le regalas a un niño de doce años que parece carecer de intereses o aficiones de ningún tipo?

Y luego, había venido a mi mente. A Ben no se le daba nada bien dibujar y era prácticamente igual de malo con la pintura. Cuando pintaba, solía observarme con una expresión rayana en la envidia. Así que, pregunté a mi madre si podríamos ir a la tienda a comprar un equipo de pintura en base a números. Fueron muy populares durante mucho tiempo. Lo único que tenías que hacer era no saltarte las líneas y usar el número correcto para el color, y al final, terminabas con una maravillosa obra de arte. Mi madre se había sentido muy orgullosa de que se me hubiese ocurrido esa idea.

Salvo que ahora, estaba empezando a pensar que no había sido idea mía en absoluto.

—Me empujaste —le acusé.

Sonrió.

—Solo te di un poco de inspiración, eso es todo. Eso es lo que hago. Todas esas veces que has recibido exactamente lo que querías, exactamente lo que habías soñado, todos esos regalos fueron resultado de mi inspiración.

Reí.

—Es gracioso que digas eso. ¿Los mejores regalos que me hicieron cuando era un crío? Todos tenían una etiqueta que decía: "Para Anthony, de Santa". Mis padres no dejaron nunca de escribir esa tontería y se convirtió en una encantadora tradición. Todos los años, tendría un regalo de tu parte bajo el árbol. —Mis ojos se abrieron de par en par—. Y realmente eran de *tu* parte, ¿verdad? Les *empujaste* a comprarlos.

—No. Esos eran completamente míos. Y si preguntas a tu alrededor, encontrarás a un montón de gente contando la misma historia. No llevo una tonelada de regalos a cada casa. Llevo uno. Y siempre es el que la persona realmente quiere, o necesita. —Sus ojos relucieron de nuevo— ¿Te acuerdas de aquella caja de arte que recibiste cuando tenías ocho años? Esa que venía con todos los lápices y pasteles.

—Fue perfecta —sonreí.

—Pero tengo que preguntar... ¿Por qué dejaste de creer en mí?

Suspiré.

—Mark Pointer.

Se quedó en silencio por un momento.

—¿Un chico delgado, pelirrojo y con gafas?

Ya había superado el sorprenderme cada vez que salía con ese tipo de información.

—*Sip*, el mismo. Me dijo que no eras real, que solo eran mis padres pretendiendo ser tú.

—Y ¿le creíste?

—Era el chico más listo de mi clase —me defendí—. Lo sabía *todo*.

La mirada de Santa se apagó.

—No supo lo suficiente como para decir que no cuando alguien le ofreció coca. Y no me estoy refiriendo a la bebida.

Me helé.

—¿Está bien? —pregunté. Señor, ¿cuánto tiempo había pasado desde la última vez que pensé en los chicos que había conocido en el colegio? Santa no dijo nada, pero su mirada fue la única respuesta que necesité. Le envolví entre mis brazos—. Oye. Su vida, sus decisiones. —Le limpié las lágrimas que amenazaban sus ojos—. Y estás llorando por él porque realmente eres un buen hombre. —Y sabía que eso era cierto con todo mi ser. Me aparté—. Pero necesitas explicarme algo. ¿Cómo puedes saber todo eso desde *aquí*?

Suspiró.

—Llegados a este punto, bien podrías verlo. —Agitó la mano y los bancos se llenaron de monitores de repente. Había tantos que fui incapaz de contarlos.

—Enséñame para qué los usas —dije. Agitó una mano de nuevo y el monitor más cercano a nosotros estalló a la vida. En la pantalla apareció una familia sentada en torno a una mesa, hablando y riendo. La verdad se abrió paso en mi mente—. ¿Puedes ver mi mundo?

—A todas horas —dijo él—. ¿Cómo si no podría seguir la pista a todo el mundo? Pero cuando digo que puedo verlo a todas horas, no me refiero a que lo vea a *todas* horas. —Se ruborizó

—Me alivia oírte decir eso —confesé—. Porque ya sabes lo que estoy pensando, ¿verdad? —Cuando me miró inquisitivo, sonreí de par en par—. ¿Ese parte sobre que nos observas mientras dormimos y sabes si estamos despiertos? Se acerca a la verdad mucho más de lo que nos has hecho creer, ¿eh?

Su rubor aumentó.

—Soy consciente de los acontecimientos, de lo que la gente necesita. Y si veo un lugar en el que mi magia es requerida con urgencia, me aseguro de que llegue allí. —Se encogió de hombros—. Ya he dicho que es complicado.

Le di un tierno y prolongado beso.

—Creo que eres increíble. —Me aparté—. También creo que esto debió haber sido enormemente distinto cuando empezaste.

—No te haces una idea. —Rio—. La

población de tu mundo no ha parado de aumentar, y sigue haciéndolo. Podrías pensar que eso ha complicado mi trabajo, pero lo cierto es que cada vez menos gente cree en mí, y donde no hay creencia, no puedo ir.

Las palabras que había pronunciado hacía unos años volvieron a mi mente.

—Así que, ¿crees que llegará el día en el que toda creencia en ti morirá y tú dejaras de existir?

—No lo sé. Realmente, no lo sé. Es una posibilidad.

Miré las hileras de monitores.

—Lo que me sorprende realmente es cómo has conseguido hacer todo esto tú solo.

—No conozco otra forma de hacerlo. —Sonrió—. Tenemos que hacer algo antes de que te vayas.

—¿Tenemos? Estoy más que listo —sonreí.

Estalló en una carcajada.

—Puede que sepa hacia dónde ha ido tu mente. Pero no. Tenemos un retrato que terminar, ¿recuerdas?

Joder.

—Por supuesto. Pero cuando lo hayamos terminado... —Batí mis pestañas.

Resopló.

—Por si nadie te lo ha dicho nunca, apestas poniendo ojitos. —Luego, sus ojos se abrieron de par en par como si hubiera pronunciado esas palabras en una lengua extranjera.

Le miré atónito.

—Vaya, Santa. Cada vez hablas más como un tipo corriente del siglo veintiuno.

—Te culpo a ti —dijo apuntando el índice hacia mí. Luego, se acercó y rodeó mi cuello con sus brazos—. No necesitas pedírmelo. Prefiero estar entre tus brazos que en cualquier otro sitio.

—*Ditto* —murmuré contra sus labios y nos besamos.

Rompió el beso.

—Pero a lo mejor, te gustaría tener algo en cuenta de cara al futuro.

Le miré inquisitivo.

—¿Si?

—He estado... *recibiendo* tus regalos durante los últimos tres años. Creo que ya va siendo hora de que sea yo el que... *de* algunos. —Me miró a los ojos—. Eso, claro, si te crees que te gustaría... recibir.

Tardé un momento en darme cuenta de que, en su pintoresco e inseguro estilo, Santa me estaba pidiendo permiso para follarme.

Sonreí de par en par.

—Oh, creo que estaría de acuerdo con ello.

Sonrió.

—Pero ahora... es hora de pintar —sentenció.

Le seguí de vuelta al dormitorio, incapaz de deshacerme de la sonrisa.

—Aún lo tienes —murmuré.

—¿Qué significa eso? —preguntó cuando alcanzamos la puerta.

—Que aún tienes un don para elegir el regalo perfecto.

Cuando tenía cincuenta y dos

2019

—Me gusta el nuevo sofá —comenté. Estaba orientado hacia la chimenea y sus sillones eran aún más profundos que los del anterior. Había más que suficiente espacio para tumbarnos en él y acurrucarnos bajo una manta.

Se tendió a mi lado y me envolvió con el brazo.

—A mí también. Este es un sofá para dos. —Se balanceó contra mí, deslizando su pene sobre mi trasero.

—¿Es eso una sugerencia? —reí.

Rio.

—Si pudiera salirme con la mía, dormiría enterrado en ti. —Oh, Señor, eso me encantaría—. Así que, ¿qué me he perdido? ¿Cómo ha ido el dos mil diecinueve? Ya que casi ha acabado.

—Ha sido un año muy intenso para los famosos —comenté—. Ahora que lo pienso, muchos de ellos salieron del armario este año. —Algunos habían acaparado más titulares que otros.

—¿En serio? —preguntó sorprendido—. Aunque no sigo la vida de los famosos.

Giré el cuello y le sonreí.

—Lo que es muy refrescante, tengo que decírtelo. Tuve que dejar de ir a la peluquería —Resoplé—. Era de lo único de lo que hablaban y me hacían llorar de aburrimiento.

Santa me acarició la cabeza.

—Veo que esa maquinilla ha sido muy útil. Así que, ¿quién ha salido del armario? ¿Alguien que conozca?

—He perdido la cuenta, hubo demasiados. Un luchador, una estrella de Broadway, un cantante de country, un actor, un árbitro de rugby, un YouTuber, un jugador de hockey, varias estrellas de televisión... —Cuando no dijo nada, le miré—. ¿Estás bien?

—Salir del armario... —empezó—. ¿Sigue siendo algo tan importante?

—Desafortunadamente, sí.

—¿Por qué desafortunadamente?

Me giré sobre la espalda y él se acomodó sobre su costado y comenzó a dibujar círculos sobre mi pecho con sus dedos. Era relajante.

—Porque estoy deseando que llegue el día en el que nadie tenga que salir del armario. En el que nadie tenga que declarar su sexualidad al mundo. Cuando todo el mundo acepte a todos sin más, sin necesidad de decir el qué y el cómo.

Santa intentó contener la risa.

—Ese es un buen deseo, pero creo que te vas a enfrentar a una larga espera.

Yo también lo creía.

Cubrí su mejilla con mi mano.

—Hace tiempo que tenía intención de

preguntarte algo.

—Por lo general, te limitas a abrir la boca y soltarlo —rio—. Me tienes intrigado.

—Cuando pienso en ti, siempre pienso en Santa. Pero... Tienes un nombre de verdad, ¿cierto? Incluso los seres inmortales necesitan un nombre.

Estudió mi rostro por un momento y pareció reflexionar.

—Sí, tengo uno —dijo al fin—. No lo he usado en mucho, mucho tiempo, pero sí.

Cuando no dijo nada más, le fulminé con la mirada.

—¿Y bien? ¿Me lo vas a decir? —me quejé. Antes de que pudiera hablar solté un grito ahogado—. Señor, no me lo quieres decir porque es horrible. Espera. Deja que lo adivine. Frank.

Entornó la mirada hacia mí.

—No hay nada de malo en ese nombre.

Abrí la boca de par en par.

—No me digas que lo he clavado en mi primer intento.

Resopló.

—Ni te has acercado.

—De acuerdo, entonces, lo intentaré de nuevo. —Le miré frotándome la barbilla—. Percy. —Lo único que obtuve fue un gesto de desesperación—. Dwayne —sugerí intentando contener la risa.

—Ahora solo me estás tomando el pelo —rio.

—Entonces, pon fin a mi sufrimiento y dímelo.

Suspiró.

—De acuerdo. Mi verdadero nombre es... Nicholas.

Le miré atónito.

—Y ¿qué hay de malo con ese nombre? Es encantador. —Se quedó en silencio—. No, lo digo en serio —insistí—. Y en cierta forma, te pega. Después de todo, ¿no dice la leyenda que Santa empezó siendo San Nicolás? —Siguió en silencio. Mi pulso se aceleró y mi piel se erizó—. No... Espera un segundo. —«Oh. Dios. Santo»—. Si mi móvil pudiese funcionar en este mundo, ahora mismo estaría buscando en Google cuánto tiempo lleva San Nicolás por el mundo. Así que, ¿por qué no pones fin a mi sufrimiento y me lo dices?

Se encogió de hombros.

—Desde el siglo III a. C., más o menos.

Estaba desnudo, tendido al lado de un hombre imposiblemente mayor que aparentaba mi edad.

—¿Las leyendas son ciertas? —pregunté.

Asintió.

—Me convertí en Santa Claus en algún momento entre mil setecientos setenta y tres y mil setecientos setenta y cuatro. Algunas familias holandesas de Nueva York decidieron reunirse un día para honrar el aniversario de mi muerte. Por entonces, por supuesto, era *Sinterklaas,* una versión abreviada de *Sint Nikolaas,* que era San Nicolás, en holandés. —Se irguió, se sentó y le imité. Santa; no, Nicholas contempló el fuego y siguió hablando: Las leyendas son ciertas. Y a lo largo del tiempo, mi apariencia ha cambiado muchas, muchas veces. ¿Sabías que antes de mi novecientos treinta y uno me representaban como un hombre alto y delgado? Luego hubo una vez en la que alguien me dibujó como una especie de fantasmagórico elfo. —Intentó contener la risa—. De hecho, durante la guerra civil, se suponía que era un elfo que apoyaba la Unión. —«La guerra civil...». Era incapaz de imaginarme todas esas épocas—. Las chaquetas marrones dieron paso a las chaquetas rojas y, en algún punto de mil ochocientos veinte, los estadounidenses comenzaron la tradición de las compras navideñas y me incorporaron a ellas. Luego, alguien escribió un poema: "Noche antes de Navidad". —Hizo una mueca de disgusto—. Y de repente, era un tipo rechoncho con una enorme tripa que se agitaba toda vez que reía. Quiero decir, ¿en serio?

—Y no es que pudieras aparecer y decir a la gente la verdad, ¿eh? —comenté.

—¡Exacto! —dijo él—. En mil ochocientos cuarenta y uno pusieron un muñeco de Santa a tamaño real en Filadelfia. Y no se parecía en *nada* a mí.

Mi cabeza daba vueltas.

—¿Cuándo es el aniversario de tu muerte? —pregunté.

—Seis de diciembre.

—¿De qué año?

Su mirada se encontró con la mía.

—Trescientos cuarenta y tres antes de Cristo. Por supuesto, realmente no morí.

—Pero... San Nicolás fue una persona real. La gente te vio. La gente te conocía.

Asintió.

—Entonces,... No fuiste simplemente creado. ¿Me mentiste?

—No, exactamente; solo era otro secreto que no estaba seguro de cómo contarte. Alguien cogió a un hombre compasivo y amable, al que le gustaba hacer regalos, y le hizo inmortal.

—Y este alguien, ¿te dejo elegir? —pregunté.

—No, realmente. Estaba enfermo, ¿sabes? Al borde de la muerte. Y lo siguiente que supe fue... —Se encogió de hombros—. Tardé un tiempo en adaptarme.

Una oleada de dolor me atravesó.

—Lo siento muchísimo —murmuré.

Frunció el ceño.

—¿Por qué?

—Has estado solo todo ese tiempo. Me sorprende que no te hayas vuelto loco.

Se levantó del sofá y se acercó a la chimenea para añadir otro leño al fuego.

—Al principio, pensé que mi soledad era el precio a pagar por la inmortalidad. A lo mejor, quienquiera que me creara, pensó que no necesitaría un compañero. A lo mejor, pensó que no necesitaría ninguna distracción. La señora Claus no apareció hasta mil ochocientos cuarenta y nueve, en un cuento de un misionero cristiano. —Giró el rostro hacia mí y me alivió ver su sonrisa—. Tengo que ser sincero, cuando lo leí, me reí.

—¿Cuándo lo supiste? —pregunté—. Que

eras gay, quiero decir.

Nicholas se acercó al armario donde guardaba el whisky que le había regalado y sirvió un par de vasos.

—Antes incluso de que el mundo tuviese la palabra gay. A lo largo de los siglos observé a muchos hombres que me parecieron atractivos, pero ellos nunca podían verme a mí. —Me tendió el vaso.

—Ese parece un enorme precio a pagar.

—Lo sé. Y realmente creía que tenía que hacerlo.

—Siempre... ¿Siempre has sido gay? Cuando eras Nicholas, quiero decir. —No dijo nada, pero eventualmente asintió—. Bueno, ahí hay un dato que nunca llegó a los libros de historia.

—No es que se lo dijera a nadie y ni siquiera besé a otro hombre. —Tragó—. He estado muy solo —añadió con la voz rota—. Pero luego, entraste en ese salón y *podías* verme. La primera persona que lo había hecho desde que me convertí en inmortal.

—Espera un segundo. Alguien más ha debido de verte para que apareciesen de repente todas esas descripciones tuyas.

Se quedó en silencio.

—Tienes razón. Nunca antes había pensado en ello. Así que, a lo mejor, ha habido destellos de mi presencia a lo largo de los años. Pero lo único que sabía era que, cuando entraba en las casas de la gente, era invisible. Hasta que llegaste tú. En ese momento, pensé que Dios se había apiadado de mí. Al fin, podía hablar con alguien, podía tener un amigo. —Se sentó al borde de la mesita de café frente a mí y me miró—. Durante todo este tiempo has sido mi mejor y único amigo, y he adorado todos y cada uno de los segundos que hemos pasado juntos. —Contuvo la risa—. Aunque tengo que admitir que esos segundos se han vuelto más... interesantes en años recientes.

Ahora lo entendí.

—No me extraña que la primera cosa que hagamos nada más vernos sea terminar en la cama. Estás recuperando un montón de tiempo perdido. No es que me esté quejando. —Sonreí—. Esperar todo un año para poder tocarte tiende a dejarme un poco... desesperado.

—Una desesperación que conozco demasiado bien —dijo él—. Pero no es solo la parte física de nuestra relación. Hay mucho más. Me relajas. Contigo siento que puedo hacer cualquier cosa. —Sonrió—. Me haces feliz.

Una sensación cálida me inundó.

—Me alegro. Y me alegra que alguien decidiera darte un amigo.

Solo que yo quería ser mucho más que eso.

Luego, me di cuenta de lo egoísta que estaba siendo. Mis necesidades eran un grano de arena comparadas con la vida que él había llevado, los siglos de soledad que había soportado. Las lágrimas amenazaron mis ojos y me rendí a ellas, dejando que se derramaran por mis mejillas hasta que humedecieron mi barba.

Santa se levantó de la mesa y se arrodilló ante mí al instante.

—¿Anthony? ¿Qué te pasa? —Un pañuelo apareció de la nada y empezó a secar mis lágrimas—. Me estás asustando.

Tragué, pero tenía un nudo en la garganta.

—Solo de pensar en ti, aquí, solo... Se me rompe el jodido corazón. —Le abracé sintiendo el calor que emanaba de su cuerpo, sintiendo sus brazos en torno a mí y sus labios se encontraron con los míos beso tras beso.

—Pero ya no estoy solo, ¿cierto? —Acarició mi mejilla y me miró a los ojos—. Te tengo a ti.

—Pero solo me tienes una vez al año —le contesté.

—Y créeme, vivo solo para esa noche. Saber que voy a poder abrazarte de nuevo... Besarte, hablar contigo. Hacerte reír. —Se sentó sobre los talones—. A lo largo del año pienso en todas las cosas que me gustaría decirte y las escribo para poder acordarme de ellas. Pero la Nochebuena pasa demasiado rápido y al final, hay demasiadas cosas ahí escritas. No tengo tiempo de decirlas todas. Así que, cuando te tengo aquí, lo único que quiero es hacer el amor contigo... Y conectar de nuevo.

—Ahora estoy aquí —murmuré y besé su frente, sus mejillas, sus labios—. Y soy todo tuyo tanto tiempo como tengamos.

El problema era que nunca teníamos demasiado.

Volvimos a tendernos en el sofá y sus

brazos me rodearon de nuevo. Y en ese momento me di cuenta de que eso era lo que quería hacer el resto de Nochebuena. Sentirle a mi lado y compartir su calor. Dejar que la enormidad de lo que acababa de contarme se difuminara un poco.

Pensé de nuevo en sus revelaciones.

—Así que,... Cuando "moriste"... —Agité un dedo frente a mí—. ¿Cuántos años tenías?

—Setenta y tres.

Le miré boquiabierto.

—Vaya. Habría jurado que tendrías la misma edad que yo.

—Creo que fueron muy generosos conmigo —rio—. La primera vez que vi mi reflejo en el espejo, supe que me habían quitado algunos años. Así que, tal vez, sí que aparentamos la misma edad, después de todo.

La edad perfecta para mí. Definitivamente.

—¿Sabes qué? Te conservas muy bien para un hombre de tu edad, Nicholas.

Sonrió.

—Así que, ahora ¿vas a llamarme por mi nombre?

Sonreí ampliamente.

—Ese podría ser el título de una película. Y sí, si te parece bien.

Su mirada era cálida.

—Mejor que bien.

—Por supuesto... —añadí—. Ya sabes en lo que te convierte esto, ¿verdad?

—Ilumíname.

Sonreí.

—Eres el mayor asaltacunas de la historia.

Rio.

—Eso es algo bueno. —Cuando le miré inquisitivo, sus ojos relucieron—. Siempre te han gustado los hombres mayores.

Cuando tenía cincuenta y tres

2020

—No estabas bromeando cuando dijiste que tenías una sorpresa para mí —comenté. Esta tenía que ser la experiencia más mágica que había tenido en mi vida.

Estábamos surcando los cielos y lo único que podíamos ver hasta donde alcanzaba la vista eran las incandescentes columnas de la aurora boreal, ondulando frente a nuestros ojos. Los destellos verdes atravesaban el cielo, ardiendo aquí y allá como un incendio y de repente, se fundían a rojo.

—No está mal para un puñado de electrones excitados —comentó él.

Le miré boquiabierto.

—No puedes reducir esto a una explicación científica —me quejé—. Esto es *asombroso*. —Sin mencionar espectacular, excitante, sobrecogedor,...

El brazo de Nicholas se tensó en torno a mí.

—Quería que vieses esto. Es una belleza, ¿verdad? —Suspiró—. Pero casi es la hora de llevarte a casa. —Cogió las riendas.

Me hundí. Otra Nochebuena estaba llegando a su fin.

Me quedé en silencio mirando el paisaje que se desplegaba bajo nuestros pies. Mi corazón dolía.

«No es suficiente».

No podía seguir haciendo esto. No podía seguir desperdiciando mi vida en sueños, esperando un año entero a que llegaran las pocas horas que compartíamos juntos.

Acarició mi rodilla.

—¿Me harías un favor? Si mantengo estable el trineo, ¿podrías ir ahí atrás donde está el saco y comprobar que realmente he entregado todo? No puedo deshacerme de la sensación de que he olvidado algo.

—¿Quieres que salte por aquí...? —Señalé el asiento—. ¿En mitad del vuelo?

—Lo haría yo, pero estoy conduciendo. —Sonrió—. Estás a salvo. No te pediría nada que pudiera hacerte daño.

Sabía eso.

—Claro —decidí. Trepé por el respaldo del asiento hasta el alargado espacio vacío situado detrás, donde un enorme saco rojo yacía amontonado sobre el suelo. Miré en su interior—. ¿Cómo esperas que vea nada aquí? Está realmente oscuro aquí dentro.

—La linterna de tu móvil funcionará, si eso te ayuda.

Saqué mi teléfono del bolsillo y pulsé el icono. Busqué por cada recoveco del saco.

—No hay nada aquí dentro.

Para mi sorpresa, Nicholas se unió a mí.

—¿Estás seguro? —preguntó.

Le miré anonadado.

—Oye, pensé que estabas conduciendo.

Rio.

—Mis chicas pueden volar sin mí, no te preocupes. —Miró en el interior del saco—. Parece que tienes razón. —Luego, sonrió—. ¿Te gustaría conducir el trineo?

—¿No acabas de decirme que pueden volar sin ti?

—Sí, pueden, pero estaba pensando en dejarte llevar las riendas un rato. Ya sabes, para que sepas lo que se siente teniendo el control. —Me ofreció una alentadora sonrisa—. No te preocupes, las chicas no se portarán mal contigo. Solo pensé que tal vez te gustaría probar.

Sonreí de par en par.

—No puedo negar que no haya pasado por mi cabeza. A lo largo de los últimos años he pensado innumerables veces en ello, pero nunca pude acumular el valor suficiente como para pedírtelo.

—Entonces, ahora es el momento perfecto —sonrió. Me moví para volver a saltar por el asiento, pero Santa me paró en seco—. Desde aquí —dijo tendiéndome las riendas.

Fruncí el ceño.

—¿Quieres que conduzca el trineo... desde aquí atrás?

Asintió.

—Pan comido. —Inclinó la cabeza a un lado—. De hecho, es tan sencillo que puede que necesite añadir algo para hacerlo más desafiante.

—Y ¿qué vas a hacer? —Resoplé—.

¿Vendarme los ojos?

Nicholas se movió hasta acomodarse contra mi espalda y rodeó mi cintura con los brazos. Sus labios rozaron mi oreja.

—Esto te va a encantar —murmuró. Deslizó las manos por mi cuerpo y desabrochó mis pantalones.

Me helé.

—¿Qué...? ¿Qué estás haciendo?

Bajó mis pantalones hasta las rodillas.

—Vaya. Parece que no soy el único que va de comando. —Estrujó mi culo.

«Señor. No va a...».

Oí un ruido metálico a mi espalda y supe, sin mirar, que había sido la hebilla de su cinturón golpeando contra el suelo. Oí cómo se bajaba la cremallera y luego, perdí el aliento cuando un resbaladizo dedo se insinuó entre mis nalgas.

—Tienes que estar de broma. ¿En serio? ¿Sexo en el trineo? —Mi corazón se aceleró tanto como mi respiración.

—Dime que no quieres hacer esto —murmuró.

No, no podía decirle eso, y lo sabía.

—¿Habías...? ¿Habías planeado esto?

—Culpable —sonrió y acarició mi orificio con la punta de su dedo.

—¿Cómo esperas que piense con claridad cuando haces eso?

—No pienses, solo disfruta.

—Sé que acordamos que algún día me follarías, pero—.

—Sí, lo hicimos —me cortó y volvió a

acariciar mi orificio con un sensual movimiento— Y he elegido esta noche.

—¿En serio quieres que tu primera vez sea—

.

—Citándote —me cortó—: "A lo largo de los últimos años he pensado innumerables veces en ello, pero nunca pude acumular el valor suficiente como para pedírtelo". —Y luego, deslizó su dedo en mi interior.

«Señor».

—Creo que has superado tu timidez —dije casi sin respiración. Tenía que admitir que amaba a este nuevo y atrevido Nicholas—. ¿También has traído lubricante? Qué detallista.

—Llevas las riendas, ¿recuerdas? —murmuró—. Así que, nada de movimientos bruscos. No queremos asustar a las chicas, ¿verdad? —Movió su dedo dentro y fuera de mi cuerpo y mi corazón se desbocó en mi pecho.

—¿En serio vas a follarme mientras volamos?

Rio.

—Oh, sí. —Añadió otro dedo y la sensación fue deliciosa—. Dios, estás ardiendo aquí dentro.

Gemí.

—Y también prieto —añadí. Había pasado un tiempo.

—Pero te estás relajando a cada minuto —susurró él. Sus dedos ganaron velocidad hasta que me encontré a mí mismo retorciéndome sobre ellos y balanceando mis caderas para encontrarlos mientras me follaba.

«Estoy volando en un trineo empujado por ocho renos, a kilómetros sobre la faz de la Tierra, y Santa me está follando con sus dedos».

La mejor. Nochebuena. De. Mi. Vida.

—Inclínate —ordenó él.

—¿Qué?

—Ya me has oído. Inclínate sobre el asiento. Y sube el trasero.

—¿Vas a dejar ahí mis vaqueros? ¿Alrededor de mis rodillas?

—Bien pensado —dijo y los bajó hasta mis tobillos. Luego, sus manos abrieron paso y el cálido y enorme capullo de su enorme miembro presionó contra mi orificio—. Dios —gimió mientras me penetraba.

—Creo que me has robado las palabras —gruñí. Me envolvió entre sus brazos y fue invadiendo lentamente mi cuerpo, avanzando milímetro a milímetro hasta que estuvo completamente hundido en mí. Señor, era enorme. Y gruesa. Y tocó todos los nervios que poseía.

—Aún estás muy prieto —gruñó.

—Y ¿eso te sorprende? ¿Acaso te has mirado la polla últimamente?

Se balanceó dentro y fuera de mí y yo dejé caer una de las riendas. Grité aterrorizado y él rio.

—Estamos a salvo. Te lo prometo. —Giró las caderas—. No creo que esto vaya a durar mucho. —Salió en un movimiento seductoramente lento, seguido por una igualmente lenta penetración y sentí que mi cuerpo estaba a punto de estallar.

—Eres increíble —dije entrecortadamente mientras salía de nuevo solo para atravesarme rápidamente después, empotrándome contra el asiento. Mi propio pene estaba tan duro como el acero.

—Suelta las riendas —dijo.

—¿Estás de puta coña?

—Suelta las riendas. Quiero que hagas otra cosa con tus manos.

Me habría girado para mirarle, pero estaba convencido de que me caería del trineo si lo hacía.

—¿Como qué? —pregunté.

—Sujétate el culo y ábrelo para mí.

Aún estaba sujetando las riendas.

Se inclinó sobre mí y sentí su cálido aliento en mi oído.

—Anthony... Suéltalas. Confía en mí. —Hizo una pausa—. ¿Confías en mí?

Me estremecí.

—Con mi vida.

—Entonces, suéltalas. —Solté las riendas, alargué mis brazos y abrí mis cachetes dejando mi orificio completamente al descubierto para él. Se deslizó en mi interior de nuevo y gemí con la sensación—. Estoy muy cerca —dijo—. Esto va a ser realmente rápido, ¿de acuerdo?

Lo único que pude hacer fue asentir.

Sus caderas se balancearon mientras me embestía una, y otra, y otra vez, golpeándome, empujándome contra el trineo.

Gemí, dándome cuenta de que nadie podía oírnos ahí arriba y podía dejarme llevar. Me llenó una y otra vez, equilibrando su peso sobre mis hombros mientras insertaba su pene en mi cuerpo.

—Sí —grité. A nuestro alrededor el verde se desvanecía y reaparecía en continuas oleadas que atravesaban el cielo y supe que no me quedaba mucho tiempo. Sentí ese delator estremecimiento en mi interior y no pude luchar contra el orgasmo. Me dejé llevar, consciente de que su polla aún estaba enterrada en mí, agitándose, latiendo—. Siempre quise... unirme... al club de la milla verde —dije entrecortadamente. Nicholas se colgó a mí, casi sin respiración, y me aferré al asiento—. Creo... que antes de la próxima Nochebuena... vas a necesitar limpiar el trineo.

Me besó en la nuca y me estremecí.

—¿Tengo que hacerlo? Nadie ve nunca este trineo. Salvo yo. Y cada vez que vea esa mancha, recordaré esta noche.

Hice un gesto de desesperación.

—Estoy completamente a favor de conservar recuerdos, pero ¿en serio? Y puedo añadir... ¿puaj?

Rio de nuevo y sobre el banco que había a mi lado apareció un paquete de pañuelos húmedos.

—Estaba bromeando —dijo. Sin salir de mí, me ayudó a erguirme y me rodeó con sus brazos.

—No tengo que preguntar si vamos a repetir

esto, ¿verdad? —dije dejando caer la cabeza sobre su hombro.

Su grave risa reverberó en mi cuerpo.

—Esa sería una pregunta estúpida, sí. —Finalmente, salió de mí con un gruñido. Cogí un par de pañuelos y le tendí uno de ellos. Luego, me limpié rápidamente antes de subirme los vaqueros. Me giré hacia él y él reclamó mis labios en un salvaje beso—. Ha sido increíble —susurró—. Aunque esa palabra no le hace justicia. Ha sido el acontecimiento más emocionante de toda mi vida. —Sostuvo mi rostro entre sus manos—. Y solo ha sido posible porque ha sido contigo.

Devolví el beso, pero en mi interior sentí que mi corazón estaba a punto de romperse en pedazos.

«No puedo seguir haciendo esto. No puedo seguir torturándome a mí mismo de esta forma».

Y en ese momento, supe que la próxima vez que nos encontráramos, necesitaría ser honesto con él. No ahora, no justo después de hacer el amor. Eso sería demasiado cruel. Pero siempre había dicho que si algún día llegaba el momento en que alguno de nosotros sentía que quería poner fin a esto, deberíamos decirlo.

No quería dejarlo, pero seguir de la misma forma me estaba matando.

Cuando tenía cincuenta y cuatro

2021

Cuando apareció al lado del árbol, no dudé un instante: caminé hacia sus brazos abiertos y nos besamos, derramando un año de deseo y dolor en cada beso.

Cuando nos separamos, acaricié su barba.

—Sé que lo digo todas las nochebuenas, pero Dios, te he echado de menos.

—Lo sé, yo también. Creo que las chicas se están cansando de que vaya al establo a abrir mi alma.

—¿Tienen que aguantarte demasiado? —pregunté.

—Solo cada día —sonrió—. ¿Estás preparado?

—Sí —sonreí. Mi intención de contarle lo ocultaba en mi corazón se desvaneció por completo. «No puedo decírselo. Soy lo único que tiene». El saber que había pasado todos esos siglos en soledad había debilitado mi determinación. «No puedo hacerle eso».

—¿Has hablado hoy con Ben? —preguntó.

Asentí.

—Esta mañana. Le pillé justo antes de que saliera a trabajar.

—Nunca te lo he preguntado, pero ¿a qué se

dedica? —Sonrió avergonzado—. He intentado no seguir demasiado de cerca a tu familia. Tengo la sensación de que les estoy acosando.

—Es capellán del ejército —sonreí—. Está estacionado en una base estadounidense de Alemania.

—Así que, ¿esa fue la razón por la que se tuvieron que mudar a Europa?

—A-ja. Ha estado en unas cuantas bases distintas. Deberías oír a Becca y a Pete hablar alemán. No es que sea el único idioma que hablan. Chicos listos. —Solo que no seguirían siendo chicos mucho más tiempo. Pronto cumplirían veinte años y darme cuenta de ello había sido toda una conmoción.

—¿Cuándo fue la última vez que les viste? —preguntó.

—¿Podemos cambiar de tema? —No es que me importara demasiado hablar de ellos, pero cada minuto que pasábamos hablando de Ben, o de mi trabajo, o de mi vida, era un minuto menos que pasábamos juntos.

Suspiró.

—Lo entiendo. —Alzó una mano—. Vámonos.

—Espera —dije y me apresuré a coger un paquete de debajo del árbol. Él me miró inquisitivo y yo sonreí—. Es para ti. Y sí, puedes abrirlo antes de que me vaya.

Sus ojos relucieron.

—No recuerdo la última vez que alguien me hizo un regalo de navidad. Y la leche y las galletas no cuentan.

Lo juro, pude oír el impaciente pataleo de Bailarín en mi cabeza.

—Creo que será mejor que nos vayamos —sonreí.

Mientras nos acomodábamos en el trineo, supe que esta no sería como el resto de nochebuenas que habíamos pasado juntos. Mi corazón pesaba al saber lo que estaba por venir.

Yacía entre sus brazos con la cabeza descansando sobre su hombro. Mi corazón había recuperado su ritmo habitual y sabía que necesitaba una ducha, porque su semen estaba empezando a secarse sobre mi estómago.

Solo que no podía moverme.

—Ese ha tenido que ser el regalo más apropiado que jamás haya dado nadie nunca —murmuró.

Sonreí. Hacer un clon de mi polla y presentársela al lado de la original, baterías incluidas, había sido un alarde de inspiración.

—Ahora, puedes tenerme dentro de ti incluso cuando no esté cerca.

—Tu versión vibradora, además. —Rio—. Tengo que serte sincero, han pasado cosas muy perversas por mi cabeza mientras lo estabas usando conmigo.

Alcé el rostro para mirarle.

—¿Como qué? ¿Tenernos a los dos dentro al mismo tiempo?

Su boca se abrió de par en par.

—¿Cómo lo has—?

Reí.

—*Síp*. Definitivamente, ya eres un hombre gay del siglo XXI. —Volví a apoyar mi cabeza sobre su hombro.

El único ruido en la habitación era el crepitar de las llamas ardiendo en la chimenea.

«Necesitamos hablar». Solo que no quería hacerlo; no, tras haber hecho el amor.

—Un penique por tus pensamientos —murmuró.

—No estoy seguro de que valgan tanto —mentí.

—Entonces, ¿por qué no me dices lo que te tiene tan preocupado? —Alcé mi rostro una vez más y fruncí el ceño. Él se encogió de hombros—. ¿Hace cuánto tiempo que te conozco? El suficiente como para saber que hay algo realmente malo que no me estás contando. Así que, por favor, acaba con mi sufrimiento.

Supe que no podía aplazarlo por más tiempo.

Me incorporé y me senté en la cama.

—Pensé que podría hacer esto, pero... No puedo —admití.

—Hacer ¿qué?

—Esto —dije haciendo un gesto abarcando la habitación—. Esta reunión de una vez al año en la que comemos, hablamos, reímos, hacemos el amor, hacemos el amor de nuevo... —Suspiré—. No puedo seguir así.

Advertí un destello de pánico en su mirada.

—¿Por qué? —preguntó—. ¿Por qué no puedes?

—¡Porque no es suficiente! —grité y mis palabras retumbaron en el dormitorio. Nicholas hizo una mueca de dolor y me arrepentí inmediatamente de mi estallido—. Lo siento, pero no puedo seguir haciendo esto. Pasar un año entero agonizando a la espera de una jodida noche. No pasa un día en el que no estés en mi cabeza. Sí, hago mi trabajo, pero tengo la sensación de que mi vida está en pausa, de que solo puedo empezar a vivir de nuevo cuando atraviesas mi puerta. Y cuando te vas... —Dios, esto dolía.

—¿Sientes que se termina?

Asentí.

—Y lo más difícil de todo esto es que desde hace un tiempo sé que —Callé en seco.

—Anthony —murmuró—. Dímelo. No más secretos, ¿de acuerdo?

Miré su rostro y su tierna expresión sacudió mi corazón.

—Te quiero —admití—. Eres mucho, mucho más que mi mejor amigo. Cuando no estoy contigo, quiero estarlo... Solo que, no puedo, ¿o sí? No puedo soportar ser tu amante solo una vez al año. —Tragué—. No es suficiente. Ya no.

Nicholas estudió mi rostro y el silencio que calló entre nosotros fue tan sofocante que sentí que podría ahogarme ahí mismo. Al fin, suspiró.

—Entonces, tendrás que tomar una

decisión.

—¿A qué te refieres? —Mi estómago se había vuelto de plomo.

—Hay varias opciones que podemos considerar —comenzó—. La primera es que lo demos por terminado. —Me empecé a marear y mi pulso se aceleró. «No. No»—. Recuerdo que hace muchos años, ya comenté que si alguno de los dos sentía que no estaba funcionando para él, deberíamos ser honestos y decirlo. Bueno... A lo mejor, ha llegado el día. —Mi garganta se cerró. No quería perderle. Nicholas tragó con perceptible dificultad—. Lo sé. Yo tampoco quiero eso.

«Gracias a Dios».

—¿Cuál es la siguiente opción? —pregunté con voz rota.

—Seguimos tal y como lo hemos estado haciendo hasta ahora, aprovechando al máximo la situación.

—Pero acabo de decirte que no puedo hacer eso —me quejé.

—Lo sé. Lo que me lleva a la última opción. —Sostuvo mi mirada—. Abandonas tu vida, tu mundo y te unes a mí. Para siempre. —«Oh, Señor». Algo se agitó en mi estómago y mi sangre se inundó de adrenalina—. Lo sé —dijo sin romper el contacto visual—. Sé que te estoy pidiendo demasiado. Te estoy pidiendo que te comprometas a una vida en la que solo existiremos los dos. Y los renos, por supuesto.

Su intento por aligerar la gravedad de la situación fracasó.

—Pero es más que eso, ¿verdad? —

pregunté—. Me estás pidiendo que abandone mi vida como humano para convertirme en alguien como tú: inmortal. ¿Tengo razón?

Asintió.

—Tendrías la misma edad que ahora. Para siempre.

—Pero... Tengo familia. También me estás pidiendo que les abandone a ellos.

Me miró horrorizado.

—No, *nunca* haría eso. Pero... Solo les verías una vez al año.

De pronto, entendí.

—¿Estás sugiriendo que solo vuelva a mi mundo en Nochebuena? —Asintió—. Así que, mientras tú estás haciendo tus cosas de repartir regalos por el mundo, ¿yo podría estar con Ben y su familia? Y cuando tuvieses que volver a tu mundo, ¿yo volvería contigo?

—Sé que es mucho pedir, pero—.

—Pero eso es exactamente lo que me estás pidiendo, ¿verdad? —terminé.

—Sí —dijo y su rostro era solemne—. No quiero perderte. Y el único camino que veo para seguir juntos es que vengas a vivir conmigo.

Hablando de decisiones imposibles.

—Recuerdo que una vez dije que un hombre se volvería loco si tuviese que vivir solo durante tantos siglos —continuó—. Bueno, no me he vuelto loco, pero no sé cómo soportarías *tú* mi estilo de vida. No sé si serías capaz de aguantar una existencia sin compras, cafeterías, trabajo... Sin gente.

Yo tampoco lo sabía. No tenía una tonelada

de amigos, pero tampoco era un ermitaño.

—Y dado que esta es una enorme decisión —siguió—, no espero que me contestes ahora mismo.

—Justo ahora iba a preguntarte eso. ¿Cuándo...? ¿Cuándo podría contestarte?

«Y ¿voy a ser capaz de tomar esa decisión?».

—¿Qué te parece si te doy un año? Hasta la próxima Nochebuena.

Bueno, supuse que necesitaría, al menos, un año solo para entender la enormidad de la propuesta que me estaba ofreciendo.

Alzo las manos.

—No voy a presionarte. Tiene que ser tu decisión. Pero...

—¿Pero?

—Hay algo que necesitas saber. —Hizo una pausa y luego, tragó—. Yo también te quiero.

La euforia me inundó. «Me quiere». Lo que solo hacía aún más difícil tomar una decisión.

—Y ¿llamas a esto no presionar? —dije sintiendo cómo se hundía mi corazón.

—¿Qué quieres hacer ahora? —preguntó Nicholas—. ¿Quieres quedarte aquí y cenar conmigo o prefieres irte a casa? Porque creo que lo que acabo de proponerte es un peso demasiado enorme como para cargar con él durante toda la noche y no creo que ninguno de nosotros vaya a estar lo suficientemente relajado como para poder disfrutar de nuestras habituales nochebuenas.

Había resumido la situación a la perfección.

—Tienes razón. Necesito irme a casa. —Bajé

la mirada—. Después de una ducha.

Pude sentir que mi intento por aligerar la situación también había fracasado.

Abrió sus brazos.

—Ven aquí. —Me hundí en su cuerpo y Nicholas me arrastró a la cama con él. Nos tendimos ahí—. Sé que este año va a haber muchas cosas pasando por tu cabeza.

—¿Tú crees?

Me besó en la mejilla.

—Yo también estaré pensando en ti. Y prometo que no te vigilaré, te dejaré solo.

No estaba seguro de si eso me reconfortaba o me entristecía.

—Gracias.

Me enfrentaba a una decisión que ningún hombre sobre la faz de la tierra había tenido que afrontar nunca. Y estaba indeciso. Sabía que solo una de las dos opciones que me había propuesto me proporcionaría alguna forma de felicidad.

Solo que no estaba seguro de si podría aceptarla.

—Y ahora, te llevaré a tu casa —murmuró.

—He hecho lo correcto, ¿verdad? Diciéndote lo que sentía. Porque no estaba demasiado seguro en ese momento.

—Lo has hecho. Siempre di lo que hay en tu corazón.

—Incluso aunque decirlo tenga... ¿consecuencias?

Cubrió mi rostro con sus manos.

—Sí. Sé que he dicho que nada de presión, pero... Alguien hizo que nos encontráramos.

Estamos hechos para estar juntos. O eso creo.

Yo también lo creía.

—Y eso significa que este año no voy a perder la esperanza —continuó. Se encontró con mi mirada—. Porque es lo único que puedo hacer.

—Entonces, llévame a casa. Tengo mucho en qué pensar.

Y un año para hacerlo.

El Presente

La medianoche llegó y mi pulso se aceleró. «Ha llegado la hora».

Nicholas apareció en mi salón, parpadeando a la existencia y parecía más nervioso de lo que le había visto nunca.

—Hola —saludó.

—Hola a ti también —saludé forzando una sonrisa. Me acerqué a él sin atisbo de mi habitual entusiasmo e impaciencia, envolví su rostro entre mis manos y le besé—. Te he echado de menos.

Nuestras frentes se encontraron.

—No creo que haya pasado un año tan atormentado en toda mi vida —dijo—. He querido ver cómo estabas tantas veces—.

—Pero no lo has hecho —terminé yo. De alguna manera, lo sabía.

—No, no lo he hecho. —Tragó—. Necesito saberlo. Por favor, no me hagas esperar un segundo más.

Inspiré profundamente.

—He pasado toda la noche pensando en el tiempo que hemos compartido. Muchos recuerdos. Y una vez empezamos a ello, *mucho* sexo —añadí intentando contener la risa y él rio suavemente—. También he pensado en otras cosas. En no poder volver a ver tu rostro u oír tu risa; en no volver a sentir tus brazos en torno a mí mientras escuchamos música o hablamos de libros, películas o de lo que sea. He pensado en no volver a disfrutar de la felicidad que me proporciona el hacerte el amor. —A lo que se reducía todo era a que... Nunca habría otro hombre para mí. Sabía eso desde las entrañas. Y en ese instante, tomé mi decisión—. Iré contigo.

Se heló.

—Repite eso de nuevo.

Sonreí.

—Voy a irme contigo.

Sus ojos se iluminaron y todo su rostro resplandeció con ellos. Luego, me envolvió en un rompedor abrazo que me quitó el aliento.

—Oh, Señor. Tenía esperanzas. Realmente, tenía esperanzas.

Cubrí su nuca con mis manos.

—Para ahí —sonreí—. No he terminado. —Me liberé y sentí mi corazón latiendo como un loco en mi pecho.

Él se quedó petrificado.

—Hay una condición, ¿verdad?

—Sí. Y puede que sea el factor decisivo. —Había pensado en ello largo y tendido y solo había una forma de que pudiera seguir adelante con todo esto.

—¿Es tu trabajo? —preguntó.

Resoplé.

—Joder, no. Estaba a punto de pedir la jubilación anticipada de todas formas. Mi antiguo jefe ha dejado la compañía y el nuevo es un mocoso engreído. No, mi condición es...

Tenemos que contar a alguien este secreto.

Me miró detenidamente, perplejo, y luego, suspiró.

—Tu hermano —murmuró.

Asentí.

—No puedo simplemente, desaparecer, dejándoles con tantas preguntas por responder. Y no puedo decirles: "Por cierto, no vais a verme nunca más en la vida, salvo por una vez al año en Nochebuena". No puedo decirles que no van a ser capaces de verme o llamarme al móvil.

—Lo entiendo.

—No he terminado —dije. A lo largo del último año, un pensamiento había aparecido de forma recurrente en mi mente. Me esforcé por controlar mi respiración—. ¿Quieres saber qué ha sido lo más difícil de asumir de todo esto? El saber que algún día mi familia morirá y yo estaré aquí, vivo y viviendo contigo en tu mundo mágico. Y cuando llegue ese día, no estoy seguro de cómo me voy a enfrentar a ello. Si es que puedo enfrentarme a ello.

Nicholas se acercó y envolvió mi rostro entre sus manos.

—Entonces, concéntrate en esto: podrás ver crecer a los hijos de Ben, les verás convertirse en adultos y tener hijos. Y nietos. Verás a tu familia durante las generaciones venideras. Y puedes *cuidar* a esas generaciones. Porque trabajarás conmigo para asegurar su felicidad. —Suspiró—. Pero entiendo lo de no ser capaz de, simplemente, desaparecer.

Mi corazón seguía frenético.

—Así que, supongo que lo que estoy preguntando es... ¿Me dejarás? ¿Me dejarás decirle a Ben quién eres y adónde vamos?

«Por favor, di que sí».

Inclinó la cabeza a un lado.

—¿Tendría derecho él a decírselo a su familia?

También había pensado en eso. Negué efusivamente con la cabeza.

—Solo él. Sé que querrá contárselo a Layla, pero no estoy seguro de si ella sería capaz de guardar el secreto. Ni siquiera estoy seguro de si *él* será capaz de guardarlo. Pero tengo que intentarlo.

Nicholas se quedó pensativo por un momento.

—¿Dónde está Ben ahora? —preguntó finalmente.

—Está... ¿Qué hora es ahora en Alemania? —Sabía que tendría esa información.

—Las seis de la mañana.

—Y es la mañana de navidad. Estará en su casa. —Le miré suplicante—. Entonces, ¿puedo decírselo?

Nicholas sonrió.

—*Podemos* decírselo. Y vamos a ir allí ahora mismo.

Le miré atónito.

—Pero... Pensé que nadie más podía verte.

—Me voy a asegurar de que él pueda. Es la única forma de que nos crea.

—Pero... Se levantará pronto porque en unas horas estará de servicio en la base. Y eso significa que Layla y los niños también estarán ahí.

—No te preocupes. No sabrán que estoy ahí. Solo Ben. —Sonrió—. ¿Acaso tus padres supieron alguna vez que estaba ahí?

Ahí, tenía razón.

—Esto no va a ser fácil, lo sabes, ¿verdad? —dije— Tiene cincuenta y un años. Va a exigirnos un montón de pruebas. E incluso si se las damos, puede que no lo acepte.

—Y ¿qué pasaría si no lo acepta? —preguntó estudiando mi rostro—. ¿Alteraría eso tu decisión?

—No, pero haría algo incómodas las próximas nochebuenas. —Le besé en los labios—. Tenemos que intentarlo.

La vida de Ben también estaba a punto de cambiar.

Parpadeé. Estábamos de pie en el salón de Ben. Aún estaba oscuro fuera —el sol no saldría hasta dentro de un par de horas— y todo estaba tranquilo a nuestro alrededor. En una esquina del salón se alzaba el árbol de navidad, sus ramas encorvándose bajo el peso de los ornamentos y el espumillón.

—No creo que vaya a acostumbrarme nunca a esto —murmuré.

—Acostumbrarte ¿a qué?

—A que chasquees los dedos y aparezcamos al instante en algún otro lugar. Así que, ¿qué hacemos? —Le escudriñé con la mirada—. ¿Le despertamos? Sin despertar a Layla, por supuesto.

Nicholas sonrió.

—No hace falta. Llegará aquí en cualquier momento.

Estaba a punto de preguntarle cómo sabía eso cuando la puerta del salón se abrió y Ben entró en la habitación, en pantalones de pijama y camiseta, caminando en línea recta hacia la cocina. Cuando nos vio, paró en seco.

—¿Cómo...? ¿Qué...? —Se frotó los ojos.

—Estás despierto —le dije—. No estás soñando. —Luego, me di cuenta. No había ruido. Me giré hacia Nicholas—. Has parado el tiempo, ¿verdad?

Él asintió.

—Y se quedará así hasta que nos vayamos. De esa forma, no hay posibilidad de que nos interrumpa nadie.

Ben tosió.

—De acuerdo, esto empieza a ponerse raro. Solo me he levantado porque estaba teniendo un sueño realmente extraño. —Me miró detenidamente—. Y tú estabas en él. He soñado que iba a hacer café a la cocina. Para ti. De hecho, para ti y para Santa. —Miró a mi espalda, donde se encontraba Nicholas, y sus ojos se abrieron de par en par—. ¿Qué demonios está pasando? —Un destello de miedo pasó por su rostro antes de recuperar el control. Se irguió completamente y cuadró los hombros—. Creo que me debéis una explicación.

Miré a Nicholas.

—Deja que lo adivine —resoplé—. Le has dado un empujoncito.

Nicholas se encogió de hombros.

—Es lo que hago, ¿cierto?

Ben frunció el ceño.

—¿No crees que tus sobrinos ya son un poco mayores para Santa Claus? Espero que estés pagando un montón de pasta a este tipo para hacer esto. —Calló—. Pero ¿qué estoy diciendo? Aún no tengo ni idea de cómo habéis entrado aquí. —Sostuvo mi mirada—. ¿Qué demonios está pasando, Anthony?

Hice un gesto hacia el sofá.

—¿Podemos sentarnos? Porque realmente creo que necesitas estar sentado para oír lo que estoy a punto de decirte.

Sin mediar palabra, se sentó y nos siguió con la mirada.

Nicholas y yo nos acomodamos en el otro sofá. Abrí la boca para hablar y antes de que pudiera pronunciar palabra, Nicholas agarró mi mano. La calma me inundó y le miré agradecido. Luego, miré a Ben.

—Antes de empezar, ¿recuerdas que hace algunos años te dije que había alguien en mi vida? —Hice un gesto hacia Nicholas—. Es él.

Ben abrió la boca de par en par.

—¿Has hecho todo este viaje para presentarme a tu *novio*? —Arqueó las cejas—. Te has dejado la parte de que es un Santa Claus.

Inspiré profundamente.

—No un Santa Claus, sino *el* Santa Claus.

Ben rio.

—Muy bueno. —Miró a Nicholas—. Hola, encantado de conocerte. ¿Cómo está Rudolph? ¿Ya has terminado de hacer todas tus entregas por esta noche? ¿No va siendo hora de que vuelvas al polo norte?

Suspiré.

—Esto no es una broma, Ben. Se llama Nicholas. No me preguntes cuántos años tiene porque no me creerías si te lo dijera. Y estoy enamorado de él. —Inspiré profundamente de nuevo—. Y estamos aquí porque... Me voy a vivir con él y eso implicará ciertos... cambios.

Ben me miró detenidamente.

—¿Has estado bebiendo?

Ya había supuesto que esto no sería fácil.

—Estoy completamente sobrio. Y todas y cada una de las palabras que acabo de pronunciar, son ciertas.

—Claro. Lo que tú digas —rio Ben—. Esto es un sueño, ¿verdad? En un segundo me levantaré y—.

—No tenemos mucho tiempo —le cortó Nicholas y suspiró—. Tendré que ayudarte a que creas a tu hermano. —Chasqueó los dedos y los tres aparecimos de pie al lado del trineo. A nuestro alrededor no había más que nieve e incluso las ramas de los árboles se inclinaban bajo su peso. En la distancia, pude discernir la base aérea cuyas relucientes luces contrastaban contra la blancura del paisaje.

El viento arreció y Ben tembló.

—¿Por qué tengo tanto frío? No debería

tener frío en un sueño. —Miró a su alrededor
—. ¿Cómo...? ¿Cómo has hecho eso? —
Parpadeó—. Espera un segundo. Conozco este
sitio. Esto está... Esto está a cinco kilómetros
de mi casa.

Nicholas asintió.

—Y te he traído aquí... Con magia.

Ben le miró atónito.

—Eso no existe.

—Entonces, ¿cómo puedes explicarlo si no?
No eres un hombre dado a las alucinaciones,
así que puedes descartar esa teoría. Solo crees
en aquello que puedes ver con tus propios
ojos, así que, ahora mismo, la única opción
que te queda es aceptar que soy lo que
Anthony dice que soy. —Nicholas chasqueó los
dedos de nuevo y aparecimos en el salón de
Ben.

Ben agitó la cabeza parpadeando
furiosamente.

—Puedes marear a un hombre con eso —
dijo—. No lo hagas de nuevo. Y aún no te creo.
Puede que no haya sufrido alucinaciones
antes, pero estoy convencido de que estoy
teniendo una ahora mismo.

—Ben —dijo Nicholas con voz grave. Cuando
Ben le miró, Nicholas señaló al suelo—. Estás
goteando.

Ben bajó la mirada hasta el charco de agua
que había formado la nieve al derretirse de
sus pantalones.

—Oh, Señor. No era un sueño, ¿verdad? —
murmuró.

—Creo que le hemos convencido —susurré a

Nicholas.

Ben colapsó en el sofá.

—¿Me estás diciendo en serio que mi hermano está saliendo con... Santa Claus? Que Santa Claus... ¿es real?

Me senté a su lado.

—Le conozco desde que tenía doce años. Me empecé a sentir atraído por él cuando llegué a los treinta. Y hace un tiempo que estoy enamorado de él. Nuestro tiempo juntos asciende a un total de poco menos de dos meses, todas las nochebuenas desde mil novecientos setenta y nueve. Pero ya no es suficiente, así que he tomado una decisión. Y estamos aquí porque también te afectará a ti.

Ben tragó.

—Me estás asustando.

—Si eso significa que estás empezando a creer lo que te estoy diciendo, entonces, por favor, asústate. —Inspiré profundamente—. Me ha pedido que me vaya a vivir con él. A su mundo. Y he dicho que sí, pero—

—¿*Su* mundo? —me cortó Ben.

Asentí.

—Olvida toda esa mierda del polo norte, ¿vale? He estado muchas veces en su mundo y es tan distinto al polo norte como lo es el desierto, ¿de acuerdo? Y aunque he aceptado irme con él, hay un inconveniente. Lo que me lleva al por qué estamos aquí.

Ben se quedó inmóvil.

—Continúa.

—Me iré allí definitivamente. Para siempre. —Señalé de nuevo a Nicholas—. Él sabía que no podía huir de mi familia, que tenía que verte, así que accedió a... —Suspiré—. Volveré aquí una vez al año todos los años. En Nochebuena. —Tragué—. Pero le puse una condición: antes de irme con él, tenía que venir aquí para decirte lo que estaba pasando. —Miré tiernamente a mi hermano—. Y Nicholas me dejó compartir su secreto y ha dejado que le vieras. Solo a ti.

Ben estaba petrificado.

—¿Una noche?

Abrí los ojos de par en par.

—Una noche es mucho mejor que ninguna noche en absoluto. Al menos, de esa forma, aún seguiré formando parte de vuestras vidas. Por un tiempo, al menos.

—¿Qué significa eso? —dijo Ben.

Nicholas se inclinó hacia delante.

—Anthony no envejecerá —explicó—. Su aspecto será el que ves ahora. Para siempre.. Lo que puede que sea un poco difícil de aceptar para el resto, ¿no crees? —Sus ojos relucieron—. Así que, llegará el día en que tendrá que dejar de visitaros, y tú tendrás que pretender que ha muerto, por el bien de tu familia. Ellos no pueden saber la verdad.

—¿Por qué? —preguntó Ben.

—¿Realmente crees que podrían mantener en secreto algo así? —preguntó Nicholas.

Ben frunció el ceño.

—No. No creo que puedan. Tampoco estoy muy seguro de que yo vaya a ser capaz de hacerlo, si te soy sincero. ¿Qué le digo a Layla? ¿Y a Pete, a Becca?

—En realidad, tampoco me ven tanto si piensas seriamente en ello —dije—. Una vez al año no es tan descabellado. —Le miré—. ¿Podrás soportar *tú* el verme solo una vez al año?

—No es que tenga mucha elección, ¿cierto? —dijo Ben y un destello de amargura tiznó su voz—. Y ¿qué pasa si hay una emergencia? ¿Qué pasará si te necesito? ¿Cómo diablos podré contactar contigo? Porque por lo que estoy oyendo, parece que no vas a estar en *esta* Tierra.

Me giré hacia Nicholas.

—Tiene razón. No había pensado en eso.

Nicholas sonrió.

—Entonces, mantendremos abierto un canal de comunicación durante todo el año. Seré capaz de saber inmediatamente si algo va mal.

—¿Canal? —preguntó Ben frunciendo el ceño.

—Es... Complicado —le expliqué—. Lo único que necesitas saber es que estaré al tanto de todo lo que pase aquí.

Ben miró a su alrededor.

—¿Hay cámaras escondidas por aquí? —preguntó inquieto. Luego, suspiró—. Aún no entiendo por qué necesitas irte con él.

Me arrodillé frente a él y envolví sus manos entre las mías.

—Tú has encontrado tu felicidad: Layla, Pete, Becca, un trabajo que adoras... —Le miré a los ojos—. Bueno, Nicholas es la mía.

Me dedicó una media sonrisa.

—Y aún no puedo hacerme a la idea de eso.

Santa Claus. Gay.

—Siempre ha sido gay —le dije—. Nunca hubo una señora Claus. Y... quiero que nos des tu bendición.

Las lágrimas humedecieron sus ojos.

—¿Cómo me puedo negar a eso?

—Entonces... ¿tengo tu bendición? —pregunté.

Ben se limpió las lágrimas y sonrió.

—Creo que mi cerebro se está enterando ahora de lo que me estás diciendo. Yo podré verte una vez al año y tú podrás pasar el resto de tu vida con el hombre que amas. Creo que no hay demasiado en lo que pensar, ¿verdad?

Le abracé con fuerza.

—Gracias. Gracias.

—Te quiero, hermano —susurró Ben. Luego, estalló en una carcajada.

—¿Qué te ha hecho tanta gracia? —Le liberé.

—Solo estaba pensando... Señor, la ironía —rio. Le miré sin entender y él sonrió de par en par—. ¿No fuiste tú el que me dijo que Santa no existía?

De acuerdo, ahora que pensaba en ello era bastante irónico.

Me puse en pie de nuevo y Ben ofreció la mano a Nicholas.

—Me alegro mucho de haber tenido la oportunidad de conocerte.

—Yo también —sonrió Nicholas—. ¿Qué pasó con tu Supermán Elástico, por cierto? —preguntó con relucientes ojos.

—Mi... —Ben le miró boquiabierto—. ¿Cómo sabes que...? —Hizo un gesto de desesperación—. Pregunta estúpida.

—Ese fue mi regalo para ti —dijo Nicholas. Luego, dudó y me pregunté qué vendría ahora—. Y ahora, hay un regalo que podrías hacerme, si estás dispuesto a ello.

Ben le miró atónito.

—Dudo que haya algo que pueda regalar a Santa Claus —rio.

La respiración de Nicholas se aceleró y me di cuenta de que nunca en mi vida le había visto en ese estado.

Estaba nervioso.

Inspiró profundamente.

—El caso es que... Soy un tipo chapado a la antigua. Y si voy a pedir a un hombre que se una a mí en mi mundo y que se comprometa a compartir su vida conmigo... Antes quiero poner un anillo en su dedo.

«Espera... ¿Qué?».

Cuando me quedé sin palabras —de nuevo

Nicholas rebuscó en el interior de su capa y sacó una pequeña caja de terciopelo negro.

—Anthony cree que solo hemos venido aquí para conseguir tu bendición, pero tan pronto como me enteré de a qué te dedicabas, supe que también tenía mis propios motivos para hablar contigo.

La respiración de Ben se cortó.

—Dios Santo. ¿Quieres que os case?

No había visto venir esto.

Nicholas asintió.

—Dudo que hayas llevado a cabo una ceremonia entre dos hombres antes — comentó.

Ben sonrió de par en par.

—Y ahí te estarías equivocando. En esa base, hay dos soldados que estuvieron frente a mí para intercambiar anillos y votos. Nadie más lo sabe, solo nosotros tres. —Tragó—. Y sería un honor casaros.

Tosí.

—¿Perdona? ¿Tengo voz en todo esto?

La mirada de Nicholas se apagó.

—¿No quieres casarte conmigo?

Hice un gesto de desesperación.

—Por supuesto que quiero casarme contigo, pero aun así, me gustaría que alguien me preguntara, ¿sabes? Apropiadamente. —Desvié la mirada a la alfombra y me aclaré la garganta.

Él rio.

—Bueno, dado que solo voy a hacer esto una vez en la vida... —Se arrodilló frente a mí y alzó la caja con el anillo—. Anthony James Gordon, ¿me harías—?

Me puse a llorar de repente, pero eran lágrimas de felicidad. Tras décadas de espera, finalmente había conseguido lo que quería. A Nicholas. Todo para mí.

Nicholas me miró con obvia preocupación y supe que necesitaba recuperar el control.

—¿Sabes mi segundo nombre? —dije entrecortadamente. Hice un gesto de desesperación—. Pero ¿qué estoy diciendo? Lo sabes todo.

Me fulminó con la mirada.

—Ehh... Estoy en medio de algo aquí —comentó burlón.

Me puse serio, esforzándome todo lo que pude para contener la risa.

—Perdona. Sigue. —Por dentro era un manojo de nervios.

Él tosió.

—Anthony James Gordon, ¿me harías el honor de convertirte en mi esposo? ¿Compartirías mi vida por...? —sus ojos relucieron—. ¿Por el tiempo que tengamos, sea lo largo que sea?

La euforia me inundó de nuevo y esta vez no pude contenerla. Reí.

—Por supuesto que lo haré. Ahora, levántate de ahí y bésame.

Se puso en pie al instante y al segundo siguiente estaba entre mis brazos, besándome. Los ojos de Ben también se humedecieron y se los limpió disimuladamente con un pañuelo. Cuando nos separamos, Ben apoyó las manos sobre nuestros hombros.

—Hagamos esto.

Nos plantamos frente a él, dados de la mano y Ben nos pidió que pusiéramos nuestro compromiso en palabras. Tardé uno o dos minutos en ser capaz de organizar mis pensamientos, pero al fin, me giré hacia Nicholas y cuando le miré pensé que mi corazón estallaría ahí mismo. Sonreí.

—Gracias por entrar en mi vida y darme algo en lo que creer. Guardo en mi corazón todos y cada uno de los momentos que hemos compartido, y aún queda espacio para muchos, muchos más. Prometo apoyarte en todo, ayudarte cuando pueda y ser tu roca cuando lo necesites. Porque el amor que siento por ti no titubeará nunca. —Tragué—. Mientras viva.

Nicholas apretó mis manos y las lágrimas humedecieron sus pestañas.

—Gracias por amarme. Había aceptado mi soledad, pero luego, entraste en ese salón y en mi vida. No tenía ni idea de que te convertirías en el hombre del que me enamoraría, pero creo que alguien te trajo a mí con ese propósito. —Sus profundos ojos marrones se clavaron en mí—. Te quiero con toda mi alma y seguiré queriéndote hasta que se congelen las estrellas. —Deslizó el anillo en mi dedo y lo besó.

—Es un placer y un honor, especialmente para mí, declararos marido y marido —dijo Ben y rio—. Y acabo de oficiar otra boda de la que nadie sabrá nada nunca.

Nicholas me besó en los labios y me envolvió en un abrazó que me dejó cálido y feliz.

—Te quiero —susurró en mi oído.

—Te quiero —susurré yo.

Ben se limpió las lágrimas de nuevo.

—Desearía que papá y mamá pudieran haber visto esto.

Mi garganta se cerró. Yo también habría deseado eso.

Nicholas rebuscó de nuevo bajo su capa y sacó un alargado sobre.

—No nos queda mucho tiempo. —Me miró—. Solo tenemos hasta que amanezca en New Hope y luego, tendremos que irnos.

Abrí la boca de par en par.

—¿Me voy a mudar esta noche?

Él asintió.

—Esta noche es lo único que tenemos. Y hay un cabo suelto que tenemos que atar antes. —Me tendió el sobre y miré en su interior.

Fruncí el ceño.

—Pero... Esto son las escrituras de mi casa. ¿Por qué las tienes?

—Mira más de cerca.

Miré y—. «Oh. *Oh*».

—Vaya. Ya entiendo.

—Siempre he dicho que eras un hombre inteligente —sonrió Nicholas.

Ofrecí el sobre a Ben.

—Esto es para ti —dije.

—Pero...

—Ábrelo.

—Pero ya sé lo que hay ahí, lo acabas de decir —dijo Ben—. Lo que no entiendo es por qué—.

—Ben —le corté—. Por favor, haz lo que te digo.

Sacó las escrituras del sobre y las estudió frunciendo el ceño.

—Pero... Mi nombre está en ellas.

Asentí.

—No necesitaré una casa; no, después de esta noche. Así que, es tuya. Haz lo que quieras con ella. Puedes alquilarla, venderla o quedártela. Algún día te jubilarás y es un lugar precioso para vivir. —Sonreí—. Feliz navidad.

Ben me envolvió en un fuerte abrazo.

—Gracias.

—Y ahora, realmente tenemos que irnos —dijo Nicholas y abrazó a Ben—. Feliz navidad, cuñado.

Los ojos de Ben se abrieron de par en par.

—Dios mío. Santa Claus ahora es familia.

Aún tenía la boca abierta cuando parpadeamos y salimos de allí.

Me encaramé al trineo.

—¿Crees que podremos terminarlo todo a tiempo? Hay un montón de cosas en esa casa.

Nicholas rio.

—Y ¿cuánto crees que podemos almacenar en este trineo?

Ahí me había pillado.

Atravesamos el cielo hacia los Estados Unidos y me sentía tan ligero que podría haber volado hasta allí por mi cuenta.

—Vaya. Esto es lo que yo llamo un regalo de navidad —dije sonriendo de par en par—. He conseguido un marido.

Nicholas me cogió de la mano.

—¿Feliz? —sonrió.

—Increíblemente feliz —sonreí yo—. Pero también un poco aterrorizado, tengo que admitirlo. ¿De verdad podemos hacerlo todo en una noche?

Se inclinó hacia mí y me besó en la mejilla.

—Relájate. Soy Santa, ¿recuerdas? —Hizo una pausa—. ¿Te ha gustado cómo han ido las cosas con Ben?

—Al final, hemos podido llegar a él —dije. Luego, me llevé la mano a la boca para hacer un altavoz—. Oye ¿chicas? Adivinad quién se ha casado.

Lo juro, tenía ocho renos vitoreando en mi cabeza.

El trineo aterrizó en tierra y tan pronto como los patines tocaron el suelo me hundí en el asiento.

—Lo hemos conseguido —suspiré.

—Lo siento, hemos tardado más de lo que había pensado —dijo Nicholas—. Por lo general, vuelvo a casa con un trineo vacío y no había tenido en cuenta el factor del peso.

—Pero estamos aquí —sonreí. Me acomodé sobre su regazo en un instante y rodeé su cuello con mis brazos—. Al fin, estamos aquí. —Suspiré—. Aunque puede que tardemos un poco en colocar todas estas cosas —reí—. Pero oye, tenemos tiempo.

—Todo el tiempo del mundo —susurró Nicholas.

La situación solo estaba empezando a calar en mi mente. A partir de ahora, y por toda la eternidad, seríamos él y yo, con visitas intercaladas, cada año, a Ben. La perspectiva ya no me intimidaba, sino que me llenaba de una inmensa alegría y mucha expectación. La facilidad con la que había aceptado esa nueva situación me había desconcertado durante un tiempo, pero ahora sabía la razón.

Realmente estaba hecho para él.

En el pasado, Nicholas dijo que haría falta un tipo muy especial de hombre para poder ajustarse a la vida inmortal, pero, aparentemente, yo era ese tipo de hombre.

Esto no era un hecho afortunado; esto había sido planeado.

Pero ahora, no podía pensar en ello. Tenía trabajo que hacer.

—Aunque... —empecé—. Podrías meterlo todo en casa con solo un chasqueo de dedos —sonreí.

Sus ojos relucieron.

—Nos estamos acostumbrando a vivir con magia, ¿eh?

—Puede ser —admití. Me incliné para besar su cuello sabiendo que le haría estremecer. Como siempre hacía—. Pero cuanto antes movamos todo esto, antes terminaremos en la cama y antes podré hacer el amor a mi encantador marido —susurré.

—Y... —Chasqueó los dedos—. Está hecho.

Me besó en los labios. Lánguidamente, tomándose su tiempo.

Tenía razón.

Teníamos todo el tiempo del mundo.

FIN.

Sobre la autora

K.C. Wells vive en una isla en la costa sur de Reino Unido, rodeada de belleza natural. Escribe sobre hombres, que aman a hombres, y ni siquiera puede contemplar una vida que no incluya escribir.

El tatuaje de una rosa, con los colores del arcoiris, y las palabras «Amor es Amor» y «El Amor siempre gana», en su espalda, es su manera de ondear la bandera. Planea seguir escribiendo sobre hombres que aman a hombres, ya sea dulce o sosegado, ardiente o pervertido, por mucho tiempo.

Otros títulos de K.C. Wells

<u>En español</u>

Cuidar a Kel

Hombres de Maine
La fantasía de Finn
El jefe de Ben
El verano de Seb
El dilema de Dylan
La salvación de Shaun
El despertar de Aaron
El amor de Levi

Sométase, Alteza

<u>En inglés</u>

<u>Learning to Love</u>
Michael & Sean
Evan & Daniel
Josh & Chris
Final Exam

<u>Sensual Bonds</u>
A Bond of Three
A Bond of Truth

<u>Merrychurch Mysteries</u>
Truth Will Out
Roots of Evil
A Novel Murder

<u>Love, Unexpected</u>
Debt
Burden

<u>Dreamspun Desires</u>
The Senator's Secret
Out of the Shadows
My Fair Brady
Under the Covers

<u>Lions & Tigers & Bears</u>
A Growl, a Roar, and a Purr
A Snarl, a Splash, and a Shock

Love Lessons Learned
First
Waiting for You
Step by Step
Bromantically Yours
BFF

<u>Collars & Cuffs</u>
An Unlocked Heart
Trusting Thomas
Someone to Keep Me (K.C. Wells & Parker Williams)
A Dance with Domination
Damian's Discipline (K.C. Wells & Parker Williams)
Make Me Soar
Dom of Ages (K.C. Wells & Parker Williams)

Endings and Beginnings (K.C. Wells & Parker Williams)

<u>Secrets – with Parker Williams</u>
Before You Break
An Unlocked Mind
Threepeat
On the Same Page

<u>Personal</u>
Making it Personal
Personal Changes
More than Personal
Personal Secrets
Strictly Personal
Personal Challenges
Personal – The complete series

Confetti, Cake & Confessions
(FREE)

Connections
Saving Jason
A Christmas Promise
The Law of Miracles
My Christmas Spirit
A Guy for Christmas
Dear Santa
Santa's Secrets

<u>Island Tales</u>
Waiting for a Prince

September's Tide
Submitting to the Darkness
Island Tales Vol 1 (Books #1 & #2)

<u>Lightning Tales</u>
Teach Me
Trust Me
See Me
Love Me

<u>A Material World</u>
Lace
Satin
Silk
Denim

<u>Southern Boys</u>
Truth & Betrayal
Pride & Protection
Desire & Denial

<u>Maine Men</u>
Finn's Fantasy
Ben's Boss
Seb's Summer
Dylan's Dilemma
Shaun's Salvation
Aaron's Awakening
Levi's Love

Kel's Keeper
Here For You
Sexting The Boss

Gay on a Train
Sunshine & Shadows
Double or Nothing
Back from the Edge
Switching it up
Out for You (FREE)
State of Mind (FREE)
No More Waiting (FREE)
Watch and Learn
My Best Friend's Brother
Bears in the Woods
Wrangled

Anthologies

<u>Fifty Gays of Shade</u>
Winning Will's Heart

<u>Come, Play</u>
Watch and Learn

<u>Writing as Tantalus</u>
Damon & Pete: Playing with Fire

9 781838 444594